Friedrich Wilhelm Zachariä

Poetische Schriften

Friedrich Wilhelm Zachariä

Poetische Schriften

ISBN/EAN: 9783741168819

Hergestellt in Europa, USA, Kanada, Australien, Japan

Cover: Foto ©Andreas Hilbeck / pixelio.de

Manufactured and distributed by brebook publishing software
(www.brebook.com)

Friedrich Wilhelm Zachariä

Poetische Schriften

Poetische
Schriften

von

Friedrich Wilhelm Zachariä.

Dritter Theil.

Mit allerhöchst = gnäd. Kayserlichem Privilegio.

Carlsruhe,
bey Christian Gottlieb Schmieder.
1782.

Inhalt der angehängten Fabeln.

XXII.

Anmerkungen

über

Burkard Waldis,

und

feine Art zu erzehlen.

Der Freyherr von Gemmingen (*) hat Recht: Burcard Waldis ist gar nicht so unter uns bekannt, wie er es zu seyn verdiente. Selbst unser Gellert spricht nicht mit der Wärme von ihm (**) daß man daraus urtheilen könnte, er habe ihn besonders geschätzt, ob er gleich verschiedne seiner Fabeln ihm nacherzehlt hat. Er glaubt nur, daß man unserm Waldis zu viel thun würde, wenn man ihn etwan mit Hans Sachsen in eine Reihe setzen wollte, meynt aber doch, daß man ihm eine

* 2   welt-

(*) Siehe dessen Poetische und Prosaische Schriften, S. 82. nach der Braunschweiger Ausgabe.

(**) In dem Vorberichte zu seinen Fabeln und Erzehlungen.

weitläufige, und oft müßige Art zu erzehlen
mit Recht verwerfen könnte.

Wie sollte Waldis auch wohl bey uns in
einem besondern Ruf seyn, da seine Zeitverwand-
ten ihn wenig geschätzt zu haben scheinen, und
die Kunstrichter, die nach ihm gekommen sind,
seiner wenig oder gar nicht Erwehnung thun?
Gellert merkt schon an, daß Morhoff seiner in
der deutschen Poeterey der mittlern Zeit mit keinem Worte gedenke, und es daher scheine, als
ob er ihn für schlecht gehalten habe. Morhoff
ist nun eben der Mann nicht, auf deßen kriti-
sches Urtheil man sich sehr verlaßen dürfte, und
sein Lob oder Tadel würde wenig entscheiden.
Indeß ob er gleich seiner nicht als Fabeldichter
erwehnt, so spricht er doch bey einer andern Gelegenheit von ihm. Er sagt nehmlich, da er
vom Theuerdank redet (*), "Das Buch ist in
"ansehnlicher Form gedruckt, mit einer Art Buch-
"staben, welche noch heutiges Tages (1682)
"den Namen Theuerdank davon behalten; nach-
gehends

(*) Siehe Morhoffs Unterricht. Cap. VII. S. 364. und 65.

„gehends hat einer, Burcardus Waldis, daſ-
„ſelbe zu Frankfurth nachdrucken laßen, und gar
„viel Verſe darinn geändert, und wie er ſelbſt
„bekennet, etzliche tauſend Paar dazu geſetzt,
„der aber dieſe Arbeit wohl hätte mögen bleiben
„laßen. "

Ja wohl hätte er das mögen bleiben laßen!
aber ſonderbar genug iſt es doch, daß Morhoff
nicht das geringſte von ſeinen Fabeln ſagt, die
ihm unmöglich unbekannt ſeyn konnten, da er
doch des Froſchmäuſelers von Rollenhagen
mit vielem Ruhme erwehnt. Auch dieſer Rollenhagen gedenkt unſres Waldis in ſeiner Vorrede zum Froſchmäuſeler mit keiner Sylbe, ob
es gleich ſcheint, daß er manche ſeiner Erfindungen ſich zu Nutze zu machen gewußt. Ziemlich
wahrſcheinlich läßt ſich hieraus ſchließen, daß
Burcard Waldis des Beyfalles bey ſeinen Zeit-
verwandten nicht genoßen, den er doch mit allem
Recht fordern konnte. Vielleicht ſind die itzigen
Zeiten billiger. Der Freyherr von Gemmingen
hat einen guten Anfang dazu gemacht, ihn aus

dem

dem Staube hervorzuziehn: und ich will sehn,
was ich auch noch dazu beytragen kann. Es
ist so übel nicht, wenn wir manchmal unsre al=
ten Schätze wieder hervorholen, besonders da
seit einiger Zeit eine ziemliche Unfruchtbarkeit in
dem Reiche unsrer schönern Litteratur sich zu
äußern anfängt.

Einen Schriftsteller, den man lieb hat, mag
man gern, so zu sagen, von Person, und nach
seinen Lebensumständen kennen lernen, weil diese
mehrentheils auch über den schriftstellerischen Cha=
rakter kein geringes Licht verbreiten. Ich will
sehn, was ich bey dem großen Mangel von Nach=
richten aus der damaligen gelehrten Welt, mei=
nen Lesern für Umstände von unserm Waldis er=
zählen kann.

Wenn er gebohren worden, was er für eine
Abkunft gehabt, und dergleichen, weiß ich alles
nicht. Daß er ein Geistlicher gewesen, der von
der Römischen Kirche zu der Protestantischen
übergegangen, kann ich mit mehrerer Zuverläßig=
keit sagen, und so findet man ihn auch in dem
Wer=

Verzeichniße alter Liederdichter angeführt. Man
hat angemerkt, daß Homer in seinen beyden
großen Epischen Gedichten, die er uns hinter-
laßen, und die aus so vielen tausend Versen be-
stehn, doch nicht ein einzigmal von seiner Person
oder seinen Lebensumständen etwas mit einfließen
laßen. Die Kunstrichter haben solches sehr be-
dauert. Zum Glück hat es unser Waldis nicht
so gemacht: sonst würde ich dem Leser auch nicht
einmal das wenige mittheilen können, was man
hier von ihm finden wird, denn ich habe es
größtentheils aus seinem Buche zusammengesucht.

Daß Burcard Waldis nach damaliger Art
ein gelehrter Mann gewesen, der besonders in
den alten Autoren gut bewandert war, davon
findet man in seinen Fabeln häufige Spuren;
vornehmlich scheint Ovidius einer von seinen Lieb-
lingsdichtern gewesen zu seyn, indem er häufig
Stellen aus demselben anzuführen pflegt.

Unser Waldis muß einen großen Theil seines Lebens auf Reisen zugebracht haben. Was
ihn dazu veranlaßt, kann ich nicht genau bestim-
men,

* 4

men, wahrſcheinlich iſt es, daß ihm ſein geiſt-
licher Stand, als er noch zu der Römiſchen Kirche gehörte, hiezu Gelegenheit gegeben. In
Italien, und beſonders in Rom, muß er ſich
lange aufgehalten haben. In der letzten Fabel
des dritten Buchs, da er von den Franziskanern
und ihren Reichthümern redet, drückt er ſich unter andern ſo aus:

— wenn man ihr Gebäw anſicht,
Der groß und viel ſeyn aufgericht.
Und merkt auf ihren hohen Pracht,
Sicht man oft königliche Macht.

In Welſchland da hats keine Maas
Wie gar köſtlich, ſchön, weit, und groß,
Daß einm König von Engelland
Darin zu wohnen wär kein Schand.
Daß ich von andern all laß ab,
Der ich viel da geſehen hab:
So iſt das Kloſter zu (*) Aſſeis
Ueber allmaß, und aus der weiß
So köſtlich an einm Berg gebaut,
Daß, wenn mans auch von fern anſchaut;
So wärs einm Türkiſchen Kayſer gnug.
Drinn zu wohnen nach allem Fug.

Es

(*) Aſiſe, eine kleine Stadt auf einem Berge, der Ge-
burtsorth des heiligen Franziſkus.

Es hat dreyhundert großer Zellen,
In jede wohl drey Bett möcht stellen,
Das Reverter ist ungelegen
So lang man mit eim stählen Bogen
Möcht schießen; mit marmorpfeilern gesundert
Und großen Fenstern, daß einm wundert.
Der andern gmach, und großen Saal
Und köstlich Gärten ist kein Zahl;
Und all Gemach mit steinen Gewblb,
Die ich all hab durchsehen selb.

Seine Reise nach Rom beschreibt er in der 24sten
Fabel des vierten Buchs ziemlich poßierlich auf
folgende Art:

Einsmals gedacht zu werden fromm,
Und zoh aus Deutschland hin nach Rom.
Doch ward ich auf der Reiß nicht bider,
Trug Zwibeln hin, bracht Knoblauch wieder.
Denn das ist je ein alte Weis,
Wie jeder solches selbst wohl weiß.
Wer da gewest, darf mans nit sagen,
Zu Rom holt man ein bösen Magen,
Ein leeren Seckel, bös Gewissen,
Und wird gar oft ums Geld besch — —
Da gieng ich in das deutsche Haus,
Und fodert den Patron heraus,
Ein jung Gesell kam ausher gahn,
Und sah mich an der Thüren stahn,
Grüßt mich, und bald fragen begunt,
Wie es in deutschen Landen stund.

Ich

Ich thät ihm Bericht von allen Sachen,
Und gunten (*) weiter Kundschaft machen.
Zuletzt gab sich zu erkennen mir,
Wie daß er einer von Hohnstein wär;
Waren beyd alte Schulgesellen;
Da thät er sich gar freundlich stellen.
Wie ich mein Sach hätt ausgericht,
Sprach er: heut wollen wir scheiden nicht.
Führt mich, und mein Geselln, nit fern
Ain Campestor in ein Tabern
Um Zeigers acht am Morgen früh,
Ohngefehr kam noch ein Gsell dazu,
Ein Preuß, so ich mich recht bedenk,
Der hieß Achaci von der Treuk.
Er ließ bald Speiß und Brod auftragen,
Und nach dem besten Cursa fragen.
Wir setzten uns; ich schmeckt den Wein,
Bald kamen auch zween Mönch herein,
Und sprachen: Von profaz, Mißier,
Möchten wir ein Julla oder vier
Verzehren in eur Companey?
Achaci sprach: setzt euch herbey!
Zwey Weiber folgten auf den beyden
Welche die Mönche hätten bescheiden;
Die setztens bey sich an die Seiten,
Wie sichs gebühret ehlichen Leuten.
Zuletzt gunt sie der Wein zu bwegen
Der alte Abam wollt sich regen,
Und sah so viel der groben Poßen,
Daß ich zuletzt war dgar verdrossen.

Ge=

(*) gunten, begunten, fiengen an.

Gedacht: es ist allhie zu Rom,
Da sollten ja die Leut seyn from;
Dazu seyn dies geistlich Person,
Die sollten je dasselb nit thon,
Han vor den Leuten keine Scheu.
Und sprach: nun will ich auf mein Treu!
Hingehn, und lassens so geschehen
Ich mag die Schand nit länger sehen,
An ihrer Sünd kein Theil nit han!
Da antwort mir ein Edelmann,
Der mich daselben hett geladen,
Sprach: Sitzt! es ist euch ohne Schaden,
Wo ihr wollt bleiben lang zu Rom,
Müßt euch nit stellen allzu from,
Und euer Ehr so sehr nit schonen;
Ihr müßt des Landes Weis gewohnen.
Habt ihr euer Tag von Rom nie ghort
Wie man sagt im gemeinen Sprichwort:
Daß einm zu Rom kein Sünd nit schad,
Allein so er kein Geld mehr hat;
Das ist die allergrößte Sünd,
Welche nit der Pabst vergeben künt.

Die vornehmsten Sehenswürdigkeiten damaliger Zeit in Rom läßt er in der Fabel des vierten Buchs vom Fuchs folgendergestalt sehr komisch her erzehlen.

Die Gelehrten sagen itzund frey,
Daß nur ein lauter Fürwitz sey,

Daß man gen Rom, Sanct Jacob lauft
Und für sein Geld den Reuel (*) kauft,
Und hohlt nicht mehr denn müde Bein;
Ja, wenn ich itzund wär allein,
Eh ich ein Fuß solt weiter ziehen,
Vor diesem Stein wollt niederknien,
Und laßens seyn im Vatican,
Oder die Trepp Sanct Lateran
Den großen Pfeiler Adrian!
Und Termi Diokletian,
Bellevidere, Sanct Peters Platz,
Engelburg, und des Pabsts Pallatz,
Agon Tuber beym Campostor,
Maria Rotunda, und Major;
Die steinen Pferd in Monte caval,
Die großen Arcus triumphal,
Die Marmorsteine Ponte Sixti,
Das Carmiterium Calixti;
Bey Sanct Aler die steinen Sonnen,
Und bey Sanct Paul die drey Brunnen,
Das ehern Pferd, gegossen Bild,
Den Arnum und den Tybrim wild
Morphorium und den Pasquill,
Davon man täglich sagt so viel;
Ob ich daßelb nit alles seh
Wolt' gern wißen was daran läg?

Unser Walbis ist indeß, wie man aus diesen
Stellen sieht, nicht nur in Itallen und Rom bekannt

(*) Reuel ist hier so viel als Ablaß.

kannt gewesen, sondern auch, der Himmel weiß
durch welchen Zufall, bis nach Portugall verschlagen worden. In der 18ten Fabel des zwey-
ten Buchs, da er von Sklaven und leibeignen
Leuten redet, fügt er hinzu:

> Man bringt Mohren aus Afrika,
> Verkauft sie in Hispania;
> In Italien überall.
> Zu Lisabon in Portugall,
> Da bringt man nacket Frau und Mann,
> Wie ichs daselbst gesehen han

Auch bis nach Holland haben unsern Fabeldichter seine Reisen gebracht, wie man aus folgender Beschreibung in der funfzigsten Fabel des
vierten Buchs sieht:

> Mitten im Sommer ich einst kam
> In Holland hin gen Amsterdam;
> Traf sichs, daß eben Jahrmarkt war,
> Wie um dieselbig Zeit all Jahr
> Gehalten wird. Daselbst umschant;
> Viel Krämer hätten aufgebaut.
> Gar laut von fern eins rufen thät,
> Als ob einer geprediget hätt.
> Das Volk lief zu mit großen Haufen,
> Ich gunt mit andern auch hinlaufen;

Da

Da ſtund ein Abentheurer dort
Am Platz auf einem hohen Ort,
Der hätt ein Tuch, das war gemalt
Von ſeltſam Thieren, greulicher Geſtalt,
Wurm, Kröten, Eydechs, Ottern, Schlangen,
Die hatt er an einm Spieß gehangen,
Und ſchütt aus einm Ledernſack
Viel kleiner Büchslein mit Tirjack,
Von Kraut und Wurzeln mancherley
Macht gar viel Wort und groß Geſchrey, ꝛc.

In Deutſchland ſcheint er gleichfalls beynahe in allen Gegenden deſſelben herumgeſchweift zu haben, wie man aus einer Menge von Stellen in ſeinen Fabeln darthun könnte. Man ſieht, daß er bey den damaligen Religionsſtreitigkeiten und Verbeſſerungen mit gebraucht worden, denn in der ſiebzehnten Fabel des vierten Buchs erzehlt er folgendes:

Campegius, der Cardinal,
Der bey uns Deutſchen überal
Zu dieſen Zeiten iſt bekannt,
Das macht, daß er ſo oft geſandt
Vom Pabſt in vieln Legation,
Die er an Kayſer und Fürſten thon.
Zu Nürnberg ich einſt vor ihm ſtund
Samt andern, da man handeln gunt

Von

Von einer Reformation
Der Kirchen und Religion.
Einer hub an ohnalsgefehr,
Und sagt: wie daß viel besser wär,
Daß die Pfaffen Ehfraun hätten,
So würd viel Aergerniß vermitten;
Zoh an viel Umständ und Ursachen,
Davon der Cardinal warb lachen,
Denn man die Wahlen gewöhnlich sind,
Daß sie allsamen so gesinnt,
Der edeln Deutschen manulich That
Belachen, und ihrn guten Rath;
Und schelten uns für Ebriacken ꝛc.

Zu Riga in Lieſland muß er ſich indeß ver-
ſchiedne Jahre aufgehalten haben; folgende Be-
ſchreibung in der neun und fünfzigſten Fabel des
vierten Buchs ſcheint eine Abſchilderung dieſer
Stadt zu ſeyn:

Hart bey der Oſtſee leit ein Stadt,
Die gar viel reicher Kaufleut hat;
Da iſt Handthierung allerhanden,
Kommen viel Schiff aus fernen Landen.
Die Frauen an denſelben Orten
Sind hoffärtig und ſpröd mit Worten,
Arbeiten nit, gehen ſtetes müßig,
Das macht, daß Reichthum überflüßig.
Von ghauen Stein ſeyn ſchön Gebäu,
Seyn ſtets weiß, als wären ſie neu;

Da

Da seyn die Häuser bey der Thür
Gebaut mit einem steinen Schür,
Mit Geseßen zweyfach dreyfach hoch,
Das habens vor ein Sommergmach,
Mit grünem Laub bedecket seyn
Vor die Hitz und den Sonnenschein;
Daselbst sißen die Bürgersfrauen
Mit ihren Töchtern, lan sich schauen ꝛc.

In dieser Stadt Riga hatte sich Waldis viel
Gönner und Freunde erworben; weshalb er
auch seinen deutschen Esopus dem damaligen
Bürgermeister dieser Stadt, Johann Butten
zugeeignet hat. In der Zuschrift an denselben
beklagt er sich, daß ihn vielerley Unfälle, Wi-
derstand, und Leibsgebrechen bißher aufgehalten,
sein angefangnes Werk zu vollenden. Daß seine
Glücksumstände nicht immer die besten gewesen,
sieht man auch noch aus folgender Stelle in der
78sten Fabel des vierten Buchs:

Wenn einm das Glück freundlich zulacht,
Mit dem ein jeder Freundschaft macht;
Wenn abers Glück gewinnt den Sturz,
Zuhand wird alle Freundschaft kurz.
Und der mit Freunden war umringt,
Um den sich itzt kein Freund mehr bringt,

Solch

Solch Untreu, und solch elend Wesen
Hab ich viel von den Alten glesen,
Welchs itzt wird auf ein Haufen gar
Mit Schaden an mir selber wahr.
Denn itzt seyn kaum zween oder drey
Die mir in Nöthen treten bey;
Den andern Hauf muß fahren laßen.
Sie seyn allein des Glücks Genossen,
Denn da michs Unglück erst anstieß.
Aus Furcht ein jeder Freund abließ.
Da hett all Freundschaft gar ein End.
Mir ward der Rücken zugewendt.

In seinen letztern Jahren hielt er sich zu Allen=
dorf an der Werra im Heßischen auf, und von
da aus ist seine Zueignungsschrift unterm 12.
Febr. 1548. datirt.

Die Edition von Waldis Fabeln, die ich
vor mir habe, führt den Titel: „Esopus,
ganz neu gemacht, und in Reimen gefaßt. Mit
samt hundert neuer Fabeln, vormals im Druck
nicht gesehen noch ausgangen. Durch Burcar=
dum Waldis. Gedruckt zu Frankfurth am
Mayn M. D. LXXXIIII.“ Die Fabeln sind
in vier Bücher abgetheilt, und jedes Buch ent=

**   hält

XVIII

hält gerade hundert Fabeln, daß sich also in Ansehung der Zahl derselben nicht leicht ein Fabeldichter mit unserm Waldis messen kann. Die
Erfindungen sind größtentheils aus den Esopischen Fabeln genommen, sehr viele, und vornehmlich die hundert im vierten Buche hat der
Dichter aus andern Quellen geschöpft; viele mögen auch seine eigne Erfindung seyn, oder es
sind gar kleine Begebenheiten, die ihm selber zugestoßen, und die er in die Form der Erzehlung
einzukleiden gewußt. Waldis hat sehr viel komische Erzehlungen, die auch der berühmte la
Fontaine nach seiner Art vorgetragen hat. Der
Freyherr von Gemmingen meynt, man dürfe
unsern Waldis nur mit Bedacht gegen den französischen Dichter halten: so würde man bald finden, daß nicht nur die ganze Art zu erzehlen,
die Erfindung, der Knoten, und die Auflösung
mit einander übereinkäme: sondern daß auch
viele Stücke im Französischen für Originale ausgegeben würden, die ursprünglich Erfindungen
unsers Waldis wären. Er glaubt daher le Cas

de

de conſcience im la Fontaine wäre augenſchein-
lich eine Nachahmung des Deutſchen; ingleichen
le Cocu battu & content ſey, ſo zu ſagen,
von Wort zu Wort aus der 81. Fabel des vierten Buchs unſers Deutſchen genommen. Ich
kann hierinn der Meynung des Freyherrn nicht
beypflichten. Zu den Zeyten des la Fontaine
konnte gewiß weder er, noch ſonſt ein Franzoſe,
eine Zeile im Deutſchen leſen und verſtehen; am
allerwenigſten aber ſolch veraltert Deutſch, das
kaum die eignen Landsleute unſers Dichters zu
la Fontaine Zeiten werden verſtanden haben.
Wären die deutſchen Dichter dazumal ſchon von
den Hubern, den Marmonteln, den Do-
rats, den Franzoſen angeprieſen, und in ihre
Sprache überſetzt worden, ſo könnte man den
guten la Fontaine noch allenfalls im Verdachte
haben, daß er mit einem deutſchen Kalbe ge-
pflügt. Aber was war zu la Fontaine Zeiten
verachteter als deutſcher Witz; oder richtiger zu
ſagen, welche Nation zweifelte ſo ganz und
gar an der Exiſtenz unſers Witzes, als die franzö-

** 2.   ſiſche.

fiſche. Die Aehnlichkeit, ja wohl völlige Gleich-
heit der Erzehlung, beweißt auch noch gar nichts.
Alles dies waren Hiſtörchen, die mündlich von
einer Nation zur andern fortgepflanzt wurden,
beſonders diejenigen, die Spöttereyen auf die
Keuſchheit der Mönche und Nonnen enthalten;
denn die geſunde Vernunft hat ſich nie ſo ganz
ausrotten laſſen, daß man ſich nicht durch
allerhand luſtige Geſchichte über dieſe dem
Staate ſo beſchwerlichen Orden ſchadlos gehalten hätte. Es iſt alſo weit wahrſcheinlicher,
daß la Fontaine ſeine Erfindungen, wie er in
ſeinen Vorberichten auch ſelbſt angiebt, aus dem
Bocaz, und andern dergleichen Schriftſtellern
genommen, oder ſie auch blos in Geſellſchaft erzehlen hören, als daß man ſich einbilden könnte, er habe ſie aus einem unbekannten deutſchen
Fabelbuche entlehnt. Der Leſer kann am beſten hievon urtheilen, wenn wir ihm den Cocu
battu vom Waldis vorlegen, denn die Einklei-
dung und die Art zu erzehlen, beſonders in kleinen willkührlichen Umſtänden, macht bey dem

Erzeh-

Erzehlen doch faſt alles aus. Waldis trägt
ſeine Geſchichte ſo vor:

Ein reicher Mann war ſechzigjährig,
Um ſeinen Kopfe ganz grauhärig;
Ein junge Metz (*) nahm zu der Ehe,
Darob geſchah im bang und wehe,
Mit dem ſie ſich ehelich vereint,
Nicht ihn ſondern ſein Gülden meynt,
Der er ihr etlich tauſend bracht.
Drum ſie ihn nahm, dabey gedacht:
Er kan dir doch nicht geben Muth,
Wie man jenſeit des Waſſers thut;
Er iſt ein abgejagter Görr,
Um ſeine Lenden mager und dörr.
Was ſchadts, du willſt das Geld lan walten,
Daneben einen Hengſt am Barren halten,
Und auf denſelben Achtung haben
Der ſpringen und im Zelt kan traben.
Er hett ein Knecht ein jungen Gſellen,
Nach dem die Frau thet fleißig ſtellen,
So lang bis ſie ihn an ſich bracht;
Mit ihm hätt gute Kundſchaft gmacht,
Kamen oft zſammen in der Still,
Was gſchah, das war ihr beyder Will;
Der Knecht derhalb oft um ſie war,
Das währt nun bey einm halben Jahr,

** 3   Biß

(*) Metz war zu Waldis Zeiten noch kein ſchimpflich Wort
eine junge Metz, war ſo viel als ein junges Mädchen.

XXII

Biß daß derselbig alte Mann
Zuletzt ein Mißdunken gewann.
Wie solchs die Frau auch hätt gemerkt,
Den Gsellen sie mit Worten stärkt,
Und sprach: laß dich dasselb nicht irren,
Wollen drum nicht unsre Lieb verwirren!
Ich will den alten Narrn (*) bekörn
Mit guten Worten so bethörn,
Daß er sich fürbaß selb soll stillen,
Allein folg du nur meinem Willen.
Ein sondre Losung (**) mit ihm macht,
Daß er sich auf dieselbe Nacht
Hin sollt begeben in den Stall,
Und thun, wie sie ihm da befahl.
Dem geschah also den Abend spät.
Sie gieng mit ihrem Mann zu Bett,
Hub an, und weinet emsiglich,
Wie denn die Frauen gemeiniglich
Können lachen, weinen, wenn sie wöllen,
Sich wie ein Crokodilus stellen,
Und sprach: mein lieber Mann und Herr,
Wenns euch itzund gelegen wär,
Und mirs zun besten wollt vertragen,
Hätt euch etwas nöthigs zu sagen.
Und sprach: ihr habt im Haus ein Knecht
Der hält sich gegen euch so schlecht,
Darum ihr ihm auch viel vertraut,
Und ist ein Schalk in seiner Haut;

(*) bekörn, beschwatzen, bereden.
(**) Losung, Verabredung.

Denn er thut heftig in mich dringen,
Mich um mein Fräulich Ehr zu bringen,
So gar ist er auf mich gerüst.
Ja wenn ich solchs nicht besser wüßt,
Hätt mich lang bracht zu solchem Kauf!
Ich hab ihn lang mit Worten auf,
Gehalten, daß ich nun kan leiden:
Drum hab ihn itzt in Stall bescheiden
Ins Hinterhäuslein, bei dem Garten,
Daß er soll mein daselbst erwarten.
Drum folget itzo meinem Rath!
Ergreift ihn auf der Mißethat,
Und ihm weidlich in die Eisen traben:
So werdet ihr sehn, das ihr haben
Ein bösen Knecht, ein fromme Frau,
Die euch hält ehlich Pflicht und Trau.
So setzt nun auf mein weisse Hauben,
Und nehmet um mein rothe (*) Schauben,
Und kommt in meinem Sberd hinbey,
So wird er meynen, daß ichs sey;
Dann werd ihr sehen, daß sichs findt,
Wie ich in Treuen euch verkünd.
    Der Mann ließ sich bereden deß,
Und legt bald an der Frauen (**) Heß.
Er schlich gar heimlich durch das Haus
Und gieng zur Hinterthür hinaus
Des Wegs, wie ihn die Frau bericht;
Bald ihn der Knecht da kommen sicht,

(*) Schauben, Mantel.
(**) Heß, Zeug, Gewand.

**4   Hub

Hub an, und sprach: Frau, seyd ihr da?
Der Mann antwort heimlich, sprach ja!
Bald ihn der Knecht beym Kopf erwischt,
In dgrauen Haar sein Finger mischt,
Und warf ihn nieder auf die Erd.
Mit einem Brügel wohl durchbert,
Und sprach: Pfui dich, du böse Haut,
Du bist ein frommer Mann vertraut;
Wenn du dich an denselben hieltst,
Und mit ihm nicht der Untren spielst,
Und ihn meyntest mit allen Treuen
So dürfst nicht diese Butzblrn käuen.
Der Mann rief laut: fahr schon, fahr schon!
Du hast ihm mehr denn gnug gethon!
Ich bins selber, hör auf! hör auf!
Und deinen Herrn nicht länger rauf!
Der Knecht thät, ob er solchs nicht hort,
Mit seinem Thun fuhr immer fort,
Und sprach: ich hab dich einst gebeten,
Nicht drmm, daß du sollst übertreten;
Sondern dich nur damit versucht,
Meynt nicht, daß du wärst so verrucht,
Wenn dich ein andrer hätt anglangt,
Dem hättst du wohl dazu gedankt,
Und dich bald geben in den Orden,
An deinem Ehmann treulos worden.
Ich bat dich, daß du kommen woltst,
Dacht nicht, daß du bald folgen solltst.
Drum muß man dich also einschreiben,
Mit Häselnsaft den Geil vertreiben.   Wills

Wills morgen meinem Herren sagen,
Und deiner ganzen Freundschaft klagen,
Daß sie dich fürbaß mögen ziemen.
Zum Zeichen hab du diese Striemen,
Daß dus morgen nicht magst verneinen,
Und mich leicht vor meinem Herrn verkleinen.
  Damit ließ von den Schlägen ab,
Der Mann sich zu der Thür begab;
Mit Noth daß er dieselb ergriff.
So best er mocht zum Haus hinlief,
Der Frauen sagt, wies ihm ergangen,
Und wie ihn hätt der Knecht empfangen.
Und wie er ihm die Landes glesen,
Und sprach: er meynt, du wärst gewesen,
Der Red die Frau so sehr erschrack,
Als wenn dem Esel entfällt der Sack.
Gleichwie derselb für großen Schrecken
Beyd vorn und hinten thut auflecken,
So leid ließ ihr die Frau auch seyn,
Daß sie für großer Freude grein,
Daß er ihm nicht hätt geben baß.
Da sprach der Mann: ich billich ablaß
Von der unschuldigen Verdacht,
Die ich hätt auf euch beyd gemacht.
Befind, daß du der Schuld bist rein,
Sollt mir hinfort dest lieber seyn.
Die Schläg dem Knecht will gern vergeben,
Und ihn die Zeit meins ganzen Leben
Dest lieber han, und alles vertrauen,
Ihn soll sein Dienst auch nicht gerauen,

** 5   Daß

Daß er seins Leibs auch werd ergetzt,
Weil er bey mir sein Treu auffetzt.

So erzehlt Waldis die Geschichte. Will man
nun auch die vom la Fontaine damit vergleichen,
die sich anfängt:

N'a pas longtems de Rome revenoit
Certain Cadet, qui n' y profita guere;

und in der Sammlung seiner Contes die zwey te
ist: so wird man leicht wahrnehmen, wenn man
diese beyden Erzählungen gegen einander hält,
daß sie nichts mit einander gemein haben, als
das wesentliche der Geschichte, da nehmlich eine
Frau ihren Mann beredet, ihre Kleider anzu-
ziehn, um durch ihren vorher dazu abgerichteten
Liebhaber, der sich den Schein einer besondern
Treue für seines Herrn Ehre zu geben weiß,
ausgeprügelt zu werden. Die kleinen Neben-
umstände, worauf bey solchen Erzehlungen alles
ankömt, sind völlig von einander unterschieden.
Beym Waldis ist der Liebhaber ein gemeiner
Bedienter; beym Franzosen, der jüngste aus einer

ner adlichen Familie, der zu Rom nicht gut
thun wollen; der sich in eine Edelfrau verliebt,
und sich als Falkenier von ihrem Mann anneh-
men läßt. Beym la Fontaine ist noch der Um-
stand, der die Geschichte drollichter macht, daß
die Dame, indem sie ihren Mann wegkompli-
mentirt, um den jungen Falkenier auf die Probe zu stellen, unterdeß die Zeit sehr vergnügt
mit ihm zubringt, und ihn nachher nach dem
Mann in den Garten schickt; mehrerer Ab-
weichungen von Waldis seiner Erzehlung nicht
zu gedenken; so wie man überhaupt gestehn
muß, daß la Fontaine seine Geschichte viel fei-
ner und galanter vorträgt, als der Deutsche,
der aber auch hundert Jahre früher schrieb,
als der Franzose.

Unser Waldis behält indeß immer noch eig-
nes Originales genug, um unsrer Achtung werth
zu seyn. Es ist wahr, Gellert wirft ihm nicht
unrecht eine etwas zu weitläuftige Art zu erzehlen vor, und dem Freyherrn von Gemmingen
gefäl-

gefallen mit Grunde feine lange Moralen nicht,
die er im Predigertone feinen Fabeln hinzufügt.
Aber wie wenig war der Geschmack nicht dazumal gebildet! Freylich ist Waldis in feinen Fabeln und in feinen Moralen durch und durch
Pfaff. Er macht sich kein Bedenken draus,
feine ganze Mönchsgelehrsamkeit bey der ersten
besten Gelegenheit auszukramen, und wenn es
nicht anders ist, sie selbst feinen Thieren in den
Mund zu legen. Vornehmlich ist fein Fuchs
ein gewaltiger Raisonneur, ein großer Antiqua-
rius, und ein halber Reformator. Ich habe
schon vorher eine Stelle angeführt, wo er fast
alle die vornehmsten Alterthümer zu Rom her-
zunennen weiß. Hier will ich noch eine Rede
von ihm abschreiben, die er an den Hahn und
feine Hühner hält, als er sie gern von einem
Baum herunterschwatzen wollte.

Er nahet sich zum Baume baß,
Und setzt sich nieder in das Graß,
Er leckt das Maul und räuspert sich,

Und

Und sprach: Herr Henning (*) hört doch mich,
Hört zu mit euren Schwestern fleißig!
In diesem Jahr sieben und dreyßig
Hat der Pabst in Italia,
In der schönen Stadt Mantua,
Ein gemein Concili betracht,
Viel Herren da zusammen bracht,
Cardinäl, Patriarchen, Bischoff
Versammelt gar an seinen Hof.
Dabey auch andre Herrn Legaten,
Geschickt von weltlichen Potentaten,
Als Commißarl, Oratorn
Die von der Herrn wegen da warn.
Die haben all einträchtiglich
Beschloßen, daß soll ewiglich
Ratum, decretum, firmiter
Et irrefragabiliter.
Der Hahn sprach: Herr Reinhard, sagt her,
Was seyn die wunderlichen Mähr,
Da ihr so hoch und groß von rühmen,
Mit so viel Worten schön verblühmen?
Ihr gebt ein guten Predikanten
Ja für die Hüner, Gäns, und Anten;
Ihr könnt Latin, und alle Sprach
Muß jedermann euch geben nach.

Wie

(*) Henning ist bey den alten Fabeldichtern der gewöhnl'ch: Name vom Hahn, so wie die Katze, Murner, der Esel Heim, der Bär Petz, der Fuchs Reinhard heißt.

Wär gnug, ihr hätt die Sophisterey
Studiert in der Schul zu Pavy;
Das Doktorat stünd euch wohl an,
Ihr seyd der Schrift ein glehrter Mann.
Er sprach: die Sach ists gar wohl werth,
Daß mans mit vielen Worten ehrt.
Dies aber habens decerniert
Mit Brief und Siegel confirmirt.
Nachdem vor vielen alten Zeiten
Kein Gewohnheit war bey den Leuten,
Daß sie pflegen Fleisch zu eßen,
Und durft sich des niemand vermeßen,
Bis daß bey Noah nach der Sündfluth,
Von Gott ward angesehn für gut,
Den Menschen Fleisch erlaubet hat;
Daraus erfolgt großer Unrath,
Denn davon Leid und Mord ist kommen,
Viel Thier daraus Ursach genommen,
Daß sie einander han gefreßen,
Und aller Zucht und Ehr vergeßen.
Und sprachen: ists dem Menschen frey,
Warum sollts uns verbotten seyn?
Daraus ist kommen Müh und Klag.
Nun muß es vor dem jüngsten Tag,
Und noch in diesen letzten Tagen
Die Sach gestillt werdn, und vertragen.
All Neid und Haß auf dieser Erd
Bey allen Thieren vergeßen werd;
Drum hat der Pabst, ohn allen Hehl,
Vielleicht aus göttlichem Befehl

Mit weisem Rath und klugen Sinn
Endlich die Sachen bracht dahin,
Ein jedes Thier sich solches maßen,
Das andere ungefreßen laßen.
Laub und Gras sollen sie genießen,
Und damit ihren Hunger büßen;
Allein der Fisch im Waßer sey
Menschen und Thieren zu eßen frey.
Und sind derhalben frey gegeben,
Denn da all Thier verlohrn das Leben,
In der Sündfluth, wies steht geschrieben,
Da seyn die Fisch lebendig blieben.
Darum hats Gott also verschafft,
Daß sie auch würden einst gestrafft,
Und dieses herrlich neu Edict
Reichlich beglftet, und gespickt,
Mit Brief und Siegel stark munirt,
Mir Privileglen hoch geziert,
Mag billig genennet werden zwar
Das rechte güldne Jubeljahr.
Ist auch schriftlich in Druck gestellt,
Darnach ein jedes Thier sich hält;
All Punkt verfaßt in ein Receß;
Ward itzt zu Frankfurth in der Meß
Vorm Römer gschlagen an die Thür,
Da hiengen achtzehn Siegel für;
Da stunden Cammerboten bey,
Des ich ein wahrhaftig Copey
Wie solchs zugangen und beschehn,
Als hie vor Augen ist zu sehn,

(Und

(Und zeigt ihm da den weißen Span
Meynt, er soll ihm drau gnügen lan.)
So iſts nun allenthalben Fried,
Drumb ſteigt herab, und fürcht euch nit,
Nimm deine Schweſtern all mit dir,
Dürft euch beſorgen nit vor mir, ꝛc.

Das heiß ich einen Fuchs: der ſchwatzen kann;
nach meinem Geſchmack zu urtheilen hört man
ihn indeß gern ſchwatzen, und das Poßierliche
der Erzehlung wird durch die eingeſtreuten
lateiniſchen Ausdrücke, und die angebrachte
Gelehrſamkeit nicht wenig erhöht.

Noch aus einem andern Grunde wird uns
die Geschwätzigkeit unſers Waldis und ſeiner
Thiere ganz angenehm; wir finden nehmlich
darinn eine außerordentlich treue und lebhafte
Schilderung der damaligen Sitten und Lebensart, und man weiß, wie ſchätzbar uns ſchon
wegen dieſes Punktes allein, der alte Homer
bleibt. Die eben angeführte Rede des Fuch-
ſes giebt hievon einen Beweis; und ich getraute
mir, in Waldis Fabeln von allem und jeden, was
die

die Lebensart unsrer Vorfahren betrifft, die leb-
haftesten Beschreibungen anzuzeigen.

Ein paar Anmerkungen muß ich noch machen, ehe ich diese Nachricht von unserm alten
Fabeldichter beschließe. Man findet in seinem
Werke durch und durch eine Menge satyrischer
Züge wider die Römische Clerisey, und die
beißendsten Spöttereyen über die vorgebliche
Keuschheit der Mönche und Nonnen. Alle
die Histörchen von ihnen, die man im Bocaz
findet, und die hernach la Fontaine mit so
viel Witz und Munterkeit nacherzehlt hat, findet man auch in unserm Waldis. Er hatte
auf seinen Reisen in Deutschland und Italien,
und bey seinem Aufenthalte in Rom, die da-
malige Lebensart der Römischen Geistlichkeit
zu nahe gesehn, und er war von dem Geiste

der

der damaligen Reformatoren zu sehr beseelt, als daß er sich des Scherzes und der Satyre über ihr zügelloses Leben hätte begeben sollen.

Seine Schreibart ist die meiste Zeit poßierlich, wie man schon aus den Proben gesehn haben wird, die ich vorher mitgetheilt habe. Dieses Poßierliche des Ausdrucks wird durch die kleinen kurzen Verse meiner Meynung nach sehr vermehrt. Es ist Schade, daß diese Versart, die wir mit dem Namen der Knittelverse zu benennen pflegen, und worinn im Englischen der Hudibras geschrieben ist, in neuern Zeiten so sehr aus der Mode gekommen. Ich kann mich vielleicht irren, aber nach meinem Geschmack müßte diese Versart bey gewißen Gattungen von komischen Heldengedich-

gedichten, und andern Burlesken, eine sehr
glückliche Wirkung thun.

Uebrigens schreibt und spricht unser ehrlicher
Waldis ziemlich frey und dreist von der Leber
weg; die Wahl des Ausdrucks, und die Sorg-
fältigkeit für den Wohlstand, ist bey ihm eben
nicht die strengste. Dies muß man wohl
hauptsächlich auf die damaligen Sitten, und
auf den damaligen Geschmack schieben, wie
schon der Freyherr von Gemmingen anmerkt.
Waldis selbst glaubte recht züchtig und vorsich-
tig geschrieben zu haben, wie man aus seiner
Vorrede sieht, wo er ausdrücklich sagt: "Ich
habe dies Werk nit den Gelehrten, und die es
besser können; sondern der lieben Jugend, Knaben und Jungfrauen zu Dienste und Förderung
laßen ausgehen, und fast an allen Enden der-

*** 2   maßen

maßen zugesehn, daß ich ihnen hiermit zur
Beßerung dienen möchte, und die zarten keuschen Ohren der lieben Jugend sich an meinem
Schreiben nicht zu ärgern hätten." Und sein
ganzes Fabelwerk beschließt er mit folgendem
frommen Wunsche:

> Daß solches gescheh und werde wahr (*)
> Das wünscht Burcardus Waldis allen,
> Die ihren Lust und Wohlgefallen
> Haben an Gott und seinem Wort;
> Der dies Gedicht von End zu Ort,
> Beyd alt und neugemachte Fabeln,
> Mit Deutung, Gleichniß, und Parabeln,
> Wie ers in dem Latein hat funden,
> Zu Reim in kleine Bündel gbunden,
> Zu gut der Jugend ausgehn laßen,
> Auf daß dest beßer wär zu faßen.
> Gott woll sein Gnad dazu verleihen,
> Daß zu allem Guten mög gedeyhen,

Und

(*) Nemlich zu den Engeln in den Himmel zu kommen.

Und der Meynung werd angenommen,
Wie es der Jugend ist zu Frommen
Allein gemacht, und dargethan,
Daß also auch werd gnommen an,
Gelernet und gebraucht recht wohl;
Dazu wünscht er itzt noch einmal,
Ders ganze Buch hat zsamen bracht,
Glück, Heil, viel tausend guter Nacht!

Die zarten keuschen Ohren der lieben Jugend müßen dazumal anders beschaffen gewesen seyn; itzo könnte ihnen eine ziemliche Anzahl von seinen Erzehlungen nicht wohl vorgelegt werden. Schon dieser Ursache wegen würde es auch nicht rathsam seyn, eine neue Ausgabe von seinen Fabeln zu besorgen, oder man müßte eine ziemlich strenge Auswahl machen. Wollte man aber die etwas frey geschriebnen herauslaßen: so würden für die Ohren, die sich nicht so leicht an etwas ärgern, gerade die besten wegbleiben. Batteux sagt zwar, die Aesopi-

sche

sche Fabel sey, eigentlich zu reden, das Schau-
spiel der Kinder; in diesem Stücke aber, wie
in manchen andern, bin ich ganz und gar nicht
der Meynung des Herrn Batteux. Einige Fabeln von hunderten mögen sich allenfalls für
Kinder schicken; das kann man geschehn laßen,
aber weder dem Verfasser des Buchs der Richter, welcher die Fabel von den Bäumen und
Dornstrauch erzehlt, noch dem Aesop, als er
den Athenienfern die Fabel von den Fröschen,
die um einen König bitten, vorsagte, noch dem
Lockmann oder Pilpai bey ähnlichen Gelegenhei-
ten, fiel es ein, für Kinder zu schreiben, sondern sie hatten, wie man sieht, mit wahren,
alten und klugseynwollenden Männern zu thun.
Waldis hat also seine Fabeln, aus einem ganz
unrechten Gesichtspunkte angesehn, wenn er
glaubte, sie wären für die liebe Jugend; uns
Män-

Männern aber können sie ganz willkommen seyn, da sie denjenigen, die sich an dem alten Ausdruck nicht zu sehr stoßen, manchmal eine Viertelstunde erheitern können.

In gleicher Absicht habe ich gegenwärtige Versuche in der Manier des alten Waldis aufgesezt. Wir haben Fabeln genug, und noch dazu von sehr großen Meistern in unsrer Sprache aufzuweisen; vielleicht aber gönnt man den meinigen auch ihr Plätzgen, da sie wenigstens in einem andern Tone, als die bisherigen geschrieben sind. Die Ausbesserung, die sie mich gekostet, wird man ihnen kaum ansehn, so wie ich die Schwierigkeiten, die ich zu überwinden gehabt, hier nicht weitläuftig anführen will. Zur Probe, glaube ich, sind dieser Fabeln genug. Finden sie Beyfall, so können

mehrere

mehrere folgen. Uebrigens habe ich nicht nö-
thig gefunden anzuzeigen, woher ich die Erfindung meiner Fabeln genommen. Aesop, Lockmann, Waldis, la Fontaine, auch mein eigner
Kopf, sind die Quellen, woraus ich geschöpft.
Gelehrte können das ohne mein Regiſter ent-
decken; und Ungelehrten iſt das alles gleich
viel. Beyden muß an der Manier zu er-
zählen das meiſte gelegen ſeyn.

Verzeichniß.

der in diesem Bande

enthaltenen Fabeln.

————

* * *

13)

33)

53)

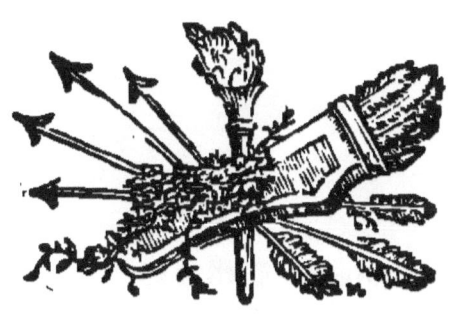

Fabeln
und
Erzählungen.

Der Fuchs, der Wolf, und die Affen.

Ein Fuchs, der lange schon geschmachtet,
Umsonst nach manchem Huhn getrachtet;
Erfuhr, daß eines Affen Frau
Im Kindbett sey. Ha! (dacht er schlau)
Vielleicht trag ich vom Wochenschmaus
Auch wohl ein fettes Maul nach Haus.
Man muß sich in die Zeiten schicken,
Gefällig seyn, und viel sich bücken:
Sonst bleibet Bbrs und Magen schlapp.
So dacht er bey sich, und begab
Sich auf den Weg, zum Aufenthalt
Der Affen in den nächsten Wald.
Er fand die Wöchnerinn: im Lager
Aus weichem Heu; von Mann, und Schwager,
Und Muhm, und Schwiegerinn umringt,
Von denen jeder etwas bringt,
So daß Herr Reinere, gar klug
Bemerkte, hier sey Schmaus genug.
Er machte sich deßhalb gar zierlich
Zur Affinn, bückte sich manierlich

A a   Wie

Bis auf die Schuh, und sprach: Madam,
Daß ich den Weg zu ihnen nahm,
Ist aus der Ursach blos geschehn,
Die schönen Kinderchen zu sehn,
Womit sie vor gar kurzer Zeit
Den werthen Herrn Gemahl erfreut.
O zeigen Sie doch Ihrem Knecht,
Von ihrem adelichen Geschlecht
Die beyden liebenswürdgen Zwelge,
Daß ich mich auch vor ihnen beuge!
Ihr Gnaden glauben sicherlich,
Ein rechter Kindernarr bin ich!
Als dieses die Frau Affin hört,
Gar freundlich sie sich zu ihm kehrt;
Reicht ihm die Hand, und spricht zum Mann:
Sieh doch den artgen Fremdling an!
Er kömmt hieher mit müden Füßen,
Blos, unsre Kinderchen zu küssen.
Hier, Freund, (sprach sie zum Fuchs) im Heu
Ruhn sie im Schlummer alle zwey.
Sie sagt es, und zog mit der Hand
Ein pelzgefüttertes Gewand
Hinweg von ihrem Zwillingspaar,
Und sprach zum Fuchs: mein Herr nicht wahr
Wenn ihrs aufrichtig wollt gestehn,

Das

Was schöners habt ihr nie gesehn?
Der Fuchs erschrack. In langer Zeit
Hatt er nicht so viel Häßlichkeit
An irgend einem Thier erblickt;
Doch rief er listig, wie entzückt:
O froher Tag! So seh ich denn
Die beyden kleinen Engelchen
In jedem Liebreitz vor mir liegen?
O welche Freude, welch Vergnügen,
Muß dies den hohen Eltern seyn!
Fürwahr! trift mein Vermuthen ein:
So werden sie, das ahnet mir,
Die Lust der Welt, der Affen Zier.

    Als dieses die Frau Affinn hört,
Ward sie von Freude ganz bethört,
Wie ihr Herr Ehmann ebenfalls.
Er warf dem Fuchs sich um den Hals,
Bat ihn aufs freundlichste zu Tische,
Trug auf Pasteten, Braten, Fische,
Viel Obst, und Nüsse groß und klein,
Und trank ihm zu vom besten Wein;
So daß der Fuchs, sehr wohl gespeist,
Und halb berauscht, von dannen reißt.

    Ein Wolf traf auf dem Weg ihn an,
Und sprach zu ihm: mein lieber Mann,

Ich seh an deinem vollen Bauch,
Du hast geschmaußt. Könnt ich nicht auch
Zu einem solchen Fest gelangen,
Bey dem es dir so wohl gegangen?
J! Freund, (versetzt der Fuchs) gar leicht
Wird dieser Wunsch von dir erreicht.
Des Affen Frau liegt in den Wochen,
Der hab ich eben zugesprochen.
Sie hat zwey allerliebste Kinder,
Die zeigt sie gern; wo du nicht minder,
Als ich, sie lobst: so giebt sie dir
Mit Dank zu schmausen gnug dafür.

     So? (sprach der Wolf) brauch ich nur dies?
Dann hab ich meinen Fraß gewiß!
Er eilte zu den Affen hin,
Und traf sie an bey frohem Sinn;
Ward freundlich von dem Mann empfangen,
Nach seinem höflichen Verlangen
Zur Frau geführt, die, sehr geneigt,
Ihm alsobald die Kleinen zeigt.
Herr Eisengrimm mit starrem Blick
Fuhr ganz erstaunensvoll zurück.
Was Guckuk! (schrie, und lache er laut!)
Hier schaudert einem fast die Haut!
Dies sind ja wahre Ungeheuer!

                                  Und

Und die Scheusätigen sind euer?
Ey! schrien die Affen allesamt,
(Die Mutter mit) von Wuth entflammt,
Ey! seht mir doch den Grobian
Mit seinen Schmeicheleyen, an!
Was braucht er denn hieher zu gehn,
Und unsre Kinderchen zu schmähn?
Drauff griff ein jeder nach dem Knittel,
Durchklopften weidlich ihm den Kittel,
Daß er, an allen Vieren lahm,
Zum Fuchse hungrig wieder kam. [1]
So bald Herr Reineke vernommen,
Wie schlecht der Wolf davon gekommen,
Sprach er: ihr gebt mir wohl nicht Recht!
Allein ihr kennt die Welt noch schlecht.
Gern hält das Ohr dem Schmeichler still;
Die Wahrheit niemand hören will.

Dies, hab ich, Leser, auch gedacht,
Drum kömmt! sie hier in Fabeltracht!

A 4   Der

Der Hecht, und der Hay.

Ein Hecht regierte lange Zeit
In einem Wasser weit und breit,
Und glaubte voller Stolz, nun sey er
Der Fürst und Herr im ganzen Weyher.
Was hindert mich denn (fieng er an)
Daß ich im weiten Ocean
Nicht eben so gewaltsam wüte,
Nicht eben so als Herr gebiete,
Wie hier? Er sagts, und schwimmt sogleich
Hinab ins große Wasserreich.
Doch wie erschrack er, da er nah
Des Meeres Ungeheuer sah!
Ein Hay, der nicht so bald vernommen,
Weswegen er hieher geschwommen,
That seinen weiten Rachen auf,
Ergriff ihn, und verschlang ihn drauf.
    So trifft der kleinere Tyran
Stets einen noch gewaltgern an,
Der ihn von Siegen schon umringt,
Mit seiner größern Macht verschlingt.

Der Pfau, und der Kranich.

Mit einem Kranich zankte sich
Ein stolzer Pfau. Wie? (sprach er) dich
Wirst du doch nicht mit mir vergleichen?
Du mußt mir ja in allem weichen!
Sieh nur einmal! mein schönes Kleid
Ist aller andern Vögel Neid;
Mein langer spiegelvoller Schwanz,
Und meines Halses Wunderglanz,
Macht mich zu dieses Hofes Zier.
Doch du, was hast denn du an dir,
Das mir den Vorzug streitig macht?
Du gehst einher in Bauerntracht,
In einem alten grauen Kittel,
Hast keinen Rang, und keinen Tittel.
Der Kranich sprach: drinn hast du Recht,
Mein Rang ist klein, mein Rock ist schlecht;
Doch hab ich wirklich gute Flügel,
Hoch über Land und Meer, und Hügel
Schwing ich mich auf, beseh die Welt;
Und welches Land mir denn gefällt,
Nach diesem steuert mein Gefieder;
Wenn ich es will, laß ich mich nieder,

Und

Sind aller Orten meinen Heerd,
Und esse, was mein Herz begehrt,
Da du hergegen stets im Wust
Auf deinem Miste bleiben mußt,
Und, wenn du dich zum Flug erwannst,
Kaum auf die Scheure fliegen kannst.
Drum sieh mich so gering nicht an,
Nicht immer macht das Kleid den Mann.

Der Knabe, und der Stieglitz.

Ein bunter Stieglitz ward gefangen,
Und einem Knaben auf Verlangen
Zu seinem Eigenthum geschenkt,
Der ganz entzückt auf nichts mehr denkt,
Als seines Vogels recht zu pflegen.
Er sucht daher ihm allerwegen
Sein liebstes Futter, füllt sein Glas
Des Tages oft mit frischem Naß;
Vergoldet ihm sein kleines Haus,
Und bringt ihm manchen Distelschmaus.
Der Stieglitz aber findet doch
Zuletzt ein unbemerktes Loch,
Aus welchem er gar bald entkam,
Und fröhlich seinen Abschied nahm.
Der Knabe rief ihm freundlich zu:
Wohin, du armer Vogel du?
Was hat dir denn bey mir gefehlt,
Daß sich dein Flug das Weite wählt?
Hab ich nicht alles dir gegeben,
Wovon die Herrn Stieglitze leben?
War nicht dein Käficht ein Pallast,
Mit goldnen Dräthen eingefaßt?

Und

Und ward dir nicht aus meiner Hand
Manch Stückgen Zucker zugewandt?
Komm wieder, bitt ich dich! herein!
Der Stieglitz gab zur Antwort: Nein!
Weg mit der goldnen Sklaverey!
Hier hab ich mehr, denn ich bin frey.

Der Adler, und die Eidechs.

Sehr schmeichelnd ist es, sicherlich!
Auf hoher Ehre Gipfel sich
Durch sein Verdienst erhöht zu sehen;
Doch wenn man auf den gleichen Höhen
Unwürdge neben sich erblickt:
So pflegt der Rang, der uns entzückt,
Uns etwas minder zu bethören,
Wie wir in dieser Fabel hören.

Ein Adler aus sehr altem Blut,
Von viel Verstand, und Edelmuth,
Saß stolz auf einer hohen Eiche,
Der höchsten in der Bäume Reiche,
Und sah, wie unter ihm das Land
Ihm fast aus dem Gesicht verschwand.
Mein Treu! (sprach er etwas vermessen)
Das heiß ich doch wohl hoch gesessen!
Solch eine Höhe wird so leicht
Von keinem andern Thier erreicht,
Denn was das sagen will, das weiß ich!
So sprach er, als ihm, wie mit Fleiß sich,

Dicht

Dicht neben dem erhabnen Aſt,
Den ſeine ſtolze Krall' umfaßt
Frau Eidechs zeigt, und ſo ſich brüſtet,
Als er nur immer. Ganz entrüſtet
Schrie er, wo kömmſt du her, Inſekt,
Das ſonſt ſich nur im Schutt verſteckt?
Woburch haſt du die Höh erſtiegen,
Die wir Herrn Adler nur erfliegen?
Zähmt, ſprach ſie, eure Hitze doch!
Ihr flogt, Herr Adler, und ich kroch.

Der Bräutigam und der Tod.

Ein Mann, der eine Frau genommen,
War sehr vergnügt zurück gekommen
Vom schön geschmückten Traualtar.
Und bald drauf sezten, Paar bey Paar,
Die Braut, Er, und die lieben Gäste,
Sich hin zum frohen Hochzeitfeste.
Da ward getrunken und gelacht,
Getanzet in die Mitternacht;
Bis endlich nun der Augenblick
Sich nahte, da des Bräutgams Glück
Die höchste Stuf' ersteigen sollte,
Und ganz entzückt er eilen wollte
Zu Bette mit der schönen Braut,
Die er bisher nur angeschaut.
Auf einmal winkt man ihm heraus;
Ein Fremder, (heißt es,) will durchaus
Nicht eher von der Stelle gehn,
Bis er ihn auf ein Wort gesehn.
Der Mann eilt ungern aus der Kammer
Ins Nebenzimmer und, o Jammer!
Da er hineintritt, zeigt sich ihm
Der blasse Tod. Mit Ungestüm
Faßt der ihn bey dem Arm, und spricht:

Komm

Komm mit mir fort, und säume nicht!
Ey! sprach der Mann, nur nicht so eilig,
Herr Tod! das ist ja ganz abscheulich,
Und himmelschreyend, daß ich euch
So folgen soll ins Schattenreich;
Gerad an meinem Hochzeitfeste!
Und noch dazu, eh ich das beste
Davon genossen! denn glaubt nur,
Die süße kleine Kreatur,
Die man mir heute zugeführt,
Hab ich fürwahr! noch nicht berührt.
Macht, was ihr wollt, ich folg euch nicht,
Bis ich mein Mädchen erst nach Pflicht
Geküßt, umarmt, und in den Orden
Der Frau'n es aufgenommen worden!

    Der Tod, der sonst nicht Spaß versteht,
Ward doch für diesesmal erfleht,
Und ließ den jungen Bräutgam los.
Eil, (sprach er,) in der Freude Schoos!
Doch komm ich einst zum zweytenmal,
So mach dir nicht vergebne Qual,
Und folge mir ohn' Anstand nach,
Gern, 'gnädger Herr Tod! (so sprach
Der Bräutgam.) Doch darf ichs wagen,
Noch eine Bitte euch vorzutragen:

So nehmt mich doch, wenns euch gefällt,
Nicht gar zu plötzlich aus der Welt!
Der Tod spricht: dies auch geh ich ein!
Du sollst zuvor gewarnet seyn;
Ich werde dir drey Zeichen geben,
Doch dann nimm Abschied von dem Leben!
    Der Tod verschwand; der Bräutgam lief
Zu seiner jungen Braut, und schlief
In ihren Armen bis zum Morgen.
Drauf lebt er mit ihr, ohne Sorgen,
Viel Jahre lang; und Sie und Er
Sahn lange Reihen um sich her
Von Kindern, welche sie gezeugt.
Bis, von dem Alter ganz gebeugt
Die Frau zuerst entschlief. Der Mann
Gedachte drum noch nicht daran,
Daß ihm sein Ende nahe sey.
Er lebte munter, froh, und frey,
Bey mehr als sechs und achtzig Jahren.
Denn weil er noch bey grauen Haaren
Von keiner Schwachheit was empfand;
So war der Tod kein Gegenstand
Von seinen kleinen leichten Sorgen.
An einem angenehmen Morgen
Fand er sich lahm; er blieb nunmehr

Zacharid III. Theil.   B   Im

Im Stuhl, und gieng nicht mehr umher.
Drauf ward er blind. Das war verdrießlich,
Doch blieb ihm noch dabey ersprießlich.
Daß seiner lieben Freunde Schaar
Beständig bey und um ihn war,
Die immer was zu sprechen wußten,
Und ihm die Zeit vertreiben mußten.
Nun ward er aber auch oft taub;
Das war gewiß ein schlimmer Raub!
Jedoch auch den trug er gelassen,
Und suchte sich darinn zu fassen.
Mit einemmal erschien der Tod
Zum zweytenmal, wie er gedroht.
Pack auf! (schrie er,) dein Ziel ist aus!
Ey was, (versetzt der Greis;) mein Haus
Ist nicht bestellt! Und wo sind dann,
Wie ihr versprach, Herr Knochenmann,
Die Zeichen die ihr geben solltet,
Eh ihr von hier mich holen wolltet?
Die Zeichen? (fiel der Tod hier ein;)
Was sollens noch für Zeichen seyn?
Du wurdest lahm, halb taub, und blind,
Wenn dies nicht Zeichen von mir sind,
So weiß ichs nicht! Doch fort mit dir!
Du bleibest sonst wol ewig hier.

Der

Der gleichgültige Gelehrte.

Ein Polyhiſtor, ohne Maas
Bey ſeinen Büchern ſchrieb und las.
Der ganze Tag, die halbe Nacht,
Ward mit Studiren zugebracht;
Und ſeine Frau ließ er allein
Die Stütze ſeiner Wirthſchaft ſeyn.
Einſt kam des Nachts in ſeinem Haus
Ein unvermuthet Feuer aus;
Schnell eilet zu ihm ſein Lakay,
Und ruft mit kläglichem Geſchrey:
Ach Herr! in unſerm Haus iſt Feuer!
I nu! du abgeſchmackter Schreyer,
(Verſetzt er) was ſtöhrſt du mich drum?
Sags meiner Frau! du weißt, Hans Dumm,
Daß ich von meinem Schreibetiſche
Nie in die Haushaltung mich miſche.

Der

Der Bischoff, und der Bettelbube.

Einst gieng ein Bischoff durch die Stadt;
Ein Bettelbube zu ihm trat,
Zog vor ihm ab gar tief den Huth,
Und sagte: Herr, seyn Sie so gut,
Bis an den Hals steck ich in Schulden,
Und schenken Sie mir einen Gulden
Zu diesem lieben Neuenjahr;
Das wär ein christlich Werk, fürwahr!
Was: (schrie der Bischoff eifersvoll,)
Ich glaube, Junge, du bist toll!
Ein Gulden, bey so schlechter Zeit,
Ist warlich keine Kleinigkeit!
Nun, Herr, (fiel ihm der Bettler ein)
So mögens denn acht Groschen seyn.
Nichts, Nichts! (versetzt der Bischoff drauf)
Geh fort, und halte mich nicht auf!
Ihr Gnaden! einen Groschen dann —
Fort, fort! auch den nicht — Nun wohlan!
Sie sehn, wie ich mich handeln lasse,
Ein Hellerchen? — Geh deiner Straße,
Nichts, gar nichts! — Das ist etwas arg,
(Sprach drauf der Bube.) Sie sind karg!

Doch

Doch laſſen Sie ſich denn bewegen,
Und geben mir nur Ihren Seegen!
Den ſollſt du haben, lieber Sohn,
(Erwiederte mit ſüßem Ton
Der Geiſtliche) knie hin vor mir,
Den beſten Seegen geb ich dir!
So? ſprach der Burſche, ganz verwegen,
Behalten Sie nur Ihren Seegen!
Ich hab ihn zu geſchwind begehrt;
Wär er nur einen Heller werth,
Sie gäben ihn, Hochwürdger Herr,
Gewiß nicht ſo gutwillig her.

Die Quelle, und die Wiese.

Traut ja der Habſucht nicht zu weit!
Denn giebt man ihr erſt Fingers breit:
So wird ſie, ohne ſich zu ſchämen,
Sich bald die ganze Handbreit nehmen.
Der Widerſtand iſt dann zu ſpät,
Wie ihr aus dieſer Fabel ſeht.

Auf eines ſteilen Felſen Spitze
Lag eine Quell im ſichern Sitze.
Sie konnte da zufrieden ſeyn;
Doch plötzlich fiels der Thörinn ein,
Aus ihrer Heymath fortzurennen,
Und mehr noch von der Welt zu kennen.
Hart an des dürren Felſen Fuß
Lag eine Wieſe. Mit Verdruß
Und nicht geringem innern Neide
Sah ſie im friſchen Blumenkleide
Sie vor ſich prangen. Tag und Nacht
War ſie allein darauf bedacht,
Bis in der Wieſe Lieblichkeiten
Ihr kleines Flüßgen auszubreiten.

                                   Allein,

Allein, wie nahm sie dran Besitz?
Nachdem ihr angestrengter Witz
Die Sache lang und breit erwogen:
So nahte sie mit sanften Wogen
Sich einst zur Wies', und sprach ganz leicht,
Und freundlich flatterhaft: Was deucht,
Frau Nachbarinn, euch von dem Antrag,
Mit dem ich mich wohl zu euch nah'n mag?
Ihr seht, in diesem dürren Steln
Schließt · sich bisher mein Brunnen ein;
Und was noch ja heruntertropfet,
Das wird, weil alles zugestopfet,
Zum faulen Sumpf um mich herum.
Vergönnt mir doch, ich bitt euch drum!
Durch euch vergnügt hindurch zu fließen,
Und auch der Freyheit zu genießen.
Euch schadets nicht! Zwey Hände breit
Sind mir genug. Ihr sollt allzeit
Davon den ganzen Vortheil haben.
Ihr könnt an meinem Naß euch laben,
Wenn Sirius die Haut euch brennt.
Auch bleibt es jedem Thier vergönnt,
In mir zu baden, und zu spielen,
Und sich in mir den Durst zu kühlen.

Falsch

Falsch schmeichelte die Quelle so.
Die gute Wiese nimmt sie froh
In ihren Schoos auf, und denkt gar nicht,
Was auf sie selbst bald für Gefahr bricht.
Denn ihre neue Freundin strotzt
Durch sie dahin, und schäumt und trotzt;
Macht jeden Tag ihr Bette größer,
Und zieht viel Bäch' und viel Gewässer
Zu sich hinzu; der ist bekannt
Von Alters her; der ist verwandt;
Der heißt Herr Schwager, der Gevatter;
Es wird von Wasser und Geplatter
Die Wiese naß. Sie sieht zuletzt,
Daß jeder sich hier feste setzt:
Sie will durch einen Damm sich schützen;
Doch was kann nun der Damm ihr nützen?
Ihn reißt bald fort des Stromes Schuß,
Die Wiese wird zuletzt zum Fluß.

Der Dichter, und der Bauer.

Ein Dichter suchte sich das Haus
Von einem reichen Bauren aus,
Um da mit Lesen und mit Schreiben
Vergnügt die Zeit sich zu vertreiben.
Einst trat der Wirth zu ihm herein,
Und sprach: Herr, immer so allein?
Das bin ich nur, (sprach der Poet)
Seitdem Ihr, Freund, hier vor mir steht.

B 5   Der

Der Jagdhund, und die Stadthunde.

Ein junger Jagdhund gieng zur Stadt.
So bald er auf den Marktplaz trat,
Da kamen schon in großen Haufen
Die Stadthund' auf ihn zugelaufen.
Er nahm die Flucht; um bestomehr
Ward er gejaget hin und her.
Zulezt blieb er entschlossen stehn,
Und fletschte grimmig seine Zähn.
Als dies die andern Hunde sahn,
Fand keiner Lust mehr, sich zu nahn.
Sie furchten sich vor seinem Drohn,
Und jeder machte sich davon.

So geht es in der kritschen Welt;
Wer da sich nicht zur Wehre stellt:
Auf den haut jede Zeitung ein,
Sollt es auch die bey Göttern seyn.

Der

Der Krammetsvogel, und die Schwalbe.

Zu seiner Mutter sprach vergnügt
Ein Krammetsvogel: seht! wie fügt
Der Zufall es so wunderlich!
Ihr wißt, gar wenig reizet mich
Der Umgang unserer Verwandtschaft;
Ich lobe mir dafür Bekanntschaft
Mit Fremden, die nicht zu gering;
Traun! das ist ein ganz ander Ding!
Ich hatte, Mutter, mich jetzt eben
Mit einer Schwalb ins Wort gegeben.
Ihr glaubt nicht, wie man schwatzen kann;
Man hört sie mit Verwundrung an.
Wir haben uns auch fest verpflichtet,
Und einen Freundschaftsbund errichtet.
Ich soll zu ihrem Neste kommen;
Und sie hat auch sich vorgenommen,
Recht oft uns hier im Wald zu sehn;
Sagt, Mutter, ist das nicht recht schön?
Die Mutter sprach: du bist ein Thor,
Und nimmst dir tolle Dinge vor.

Du bist in frischer Luft erzogen,
Im Walde stets herumgeflogen;
Wohnst gern auf dem Wacholderstrauch,
Und deine Schwalbe liebt den Rauch;
Du kannst nicht Rauch und Hitze leiden:
Ihr werdet bald von selbst euch scheiden.

Herr Fähnbrich, und Herr Candidat,
Ich denke, dieser gute Rath
Möcht auch auf ihren Umgang passen;
Sie werden sich doch bald verlassen?

Die Wölfe, und der Rabe.

Zween Wölfe, die sehr hungrig waren
Begaben sich mit viel Gefahren,
Zu einem Schafstall. Jeder nahm
Sich nach Belieben da sein Lamm,
Und eilten drauf zum Wald hinein,
Von niemand mehr gestört zu seyn.
Ein Rabe sahs von ohngefehr;
Flog hurtig hinter ihnen her,
Und als sie nun, nach langem Schmachten,
Sich über ihre Beute machten;
Rief er von einem Baum herab:
Ihr Herrn, gebt mir doch auch was ab!
Ihr werdet mich doch nicht vergessen,
Und alles so allein hier fressen?
Ich habe kühn und unverzagt
Mein Leben ja mit euch gewagt,
Drum gebt mir mein gebührend Stück,
Und weist mich hungrig nicht zurück.
Ja, sprach ein Wolf, du hast geflogen,
Und bist uns treulich nachgezogen;
Doch, guter Freund, aus Eigennutz,
Und warlich nicht zu unserm Schutz!

Der

Der kranke Bauer.

Ein Bauer mit schneeweissem Haar
War schon weit über sechzig Jahr,
Und hatte, wie der Mensch es macht,
Noch nicht gar viel an Gott gedacht.
Sein Herz war ganz der Welt ergeben,
Und wußte nichts vom ewgen Leben.
Da er zuletzt nun sterben sollte,
Und doch noch gerne beichten wollte;
Bat er den Prediger zu sich.
Der kam, und sprach: bereite dich!
Du mußt nun bald von hinnen scheiden,
Zu ewger Pein, zu ewgen Freuden,
Nachdem du hier gehandelt hast;
Ich hoffe doch, du seyst gefaßt
Zur Krone, die uns nichts kann rauben?
Allein, wie stehts mit deinem Glauben?
Glaubst du — hier fieng der Pfarrer an
Als ein gelehrter frommer Mann
Den Catechismus zu erklären,
Und nach den ersten Glaubenslehren
Ihn zu befragen. Alles dies,

(Verſetzt der Baur) glaub ich gewiß;
Nur will von chriſtlichen Geboten
Die Auferſtehung von den Todten
Mir nicht in meinen dummen Kopf.
Ich bin nun zwar ein ſchlechter Tropf;
Doch ſagt, wenn wir einmal verweſen,
Wer wills zuſammen wieder leſen?
Fürwahr; (verzeiht mirs armen Thor!)
Es kömmt mir wie ein Mährchen vor.
Ey! (ſprach der Pfarr) glaubſt du das nicht,
So muß ich auch nach meiner Pflicht
Die letzten Ehren dir verſagen.
Dein Körper wird denn weggetragen
Im Stillen, ohne Sang und Klang;
Wird eingeſcharrt am Wege lang,
Und kann nicht zu den wahren Frommen
Auf den geweyhten Kirchhoff kommen.
Wie das dein gut Gerücht wird kränken,
Geb ich dir ſelber zu bedenken.
Drum glaub es zu gefallen mir,
Und ſtirb wie andre Chriſten hier.

Der Bauer dacht': ich muß wohl dran!
Und ſprach zum Geiſtlichen: wohlan!

Ich

Ich seh, es will nicht anders seyn,
Drum geb ich mich denn auch darein;
Und weil ich weiß, daß Ihr allzeit
Mein guter Freund gewesen seyd:
So glaub ich alles, was Ihr sagt,
Denn Noth und Krankheit macht verzagt,
Doch komm ich wiederum heraus,
So sag ich doch: es wird nichts draus.

Die Spinne und das Podagra.

Das Podagra, und eine Spinne,
Geführt von ihrem Eigensinne,
Entschlossen sich, die Welt zu sehn,
Und Abendtheuren nachzugehn.
Sie trafen unterwegs sich an,
Und grüßten sich, da sie sich sahn,
So leicht, so artig und galant,
Als hätten sie sich längst gekannt.
Ich dächte, (sprach das Podagra)
Wir setzten nach dem Dorfe da
Zusammen unsre Reise fort.
Es scheint ein wohlgelegner Ort,
Und sind Madam so müd als ich,
So wird uns beyden, sicherlich!
Jedwede Herberg, groß, und klein,
Auf diese Nacht willkommen seyn.
Der Spinne war das eben recht:
Sie kamen an das Dorf. Geschwächt,
Hinfällig, kraftlos, und halblahm
Erlag das Podagra, und nahm
So bald als möglich, voll Begier,

Zachariä III. Theil   C   Beym

Beym erſten Bauer das Quartier.
Die Spinne hielt ſich für geſcheuter,
Und nahm den Weg noch etwas weiter,
Bis zu des Edelmannes Haus;
Hier wählt ſie einen Saal ſich aus,
In welchem man mit großem Prachte,
Zu einem Gaſtmal Anſtalt machte.
Sogleich nahm ſie nach ihrem Witz
Von einem Fenſterrahm Beſitz;
Hub an, mit emſigem Beſtreben
Viel ihrer Fäden anzukleben,
Doch eh ihr Netz noch fertig war,
Nimmt eine Stubenmagd es wahr,
Die mit dem Beſen drüber fährt,
Und unbarmherzig es zerſtört.
Die Spinne hub von neuem an
Zu weben, wie ſie erſt gethan;
Da ward der Saal voll Herrn und Damen,
Mit denen viel Lakalen kamen,
Ein naſeweiſer Purſche ſah
Der Spinne Netz, und rief: ſieh da!
Was machſt du hier? und ſtieß ſogleich
Den Huth quer durch ihr Faden-Reich.
Die Spinne ließ ſichs nicht verdrießen,
Und heftete mit muntern Füßen

Ihr

Ihr hangend halbzerstörtes Nest
Zum drittenmal ans Fenster fest.
Da trat ein junges Fräulein her,
Das sah am Fenster ungefehr
Die Spinne hangen, und schrie laut:
Ach! Herr Baron, mir graut, mir graut!
Und wies mit Schrecken auf die Spinne,
Kaum ward der Herr Baron sie inne
So zog er wie ein Held den Degen,
Fieng an im Nez herum zu fegen,
So daß mit Noth die Spinn entkam
Und aus dem Saal den Abschied nahm.

Dem Podagra giengs fast auch so,
Es ward der Herberg wenig froh.
Nachdem es lange gnug gesessen,
Sprach es: ich möcht ein wenig essen!
Der Bauer brachte trocken Brod,
Zum Trunk dazu kalt Wasser bot;
Dies waren nach so langen Reisen
Fürs Podagra sehr schlechte Speisen.
Es aß nicht viel, trank kaum dazu,
Und sprach betrübt: bringt mich zur Ruh!
Da wies der Bauer ihm zum Bette
Gar eine harte Lagerstätte,

C 2   Worauf

Worauf ein wenig Stroh nur lag.
Hier lag es kläglich, bis der Tag
Im Osten an zu grauen fieng,
Und seufzend es von dannen gieng.

Es traf die Spinne wieder an,
Die auch kein Auge zugethan;
Und alle beyde klagten sich,
Wie elend, und wie jämmerlich
Sie beyderseits die vorge Nacht
In Furcht und Sorgen zugebracht;
Ich seh wohl, wo der Knoten sitzt,
(Sprach drauf das Podagra.) Dir nützt
Zum Aufenthalte kein Pallast;
So wie ich niemals Ruh und Rast
Bey schlechten Bauren finden kann.
Drum geh du zu dem armen Mann,
Und ich will deinen Junker sehn,
So soll das Ding wohl besser gehn.

Dies waren beyde wohl zufrieden,
Und beyde giengen nun verschieden
Den Weg, so wie der Abend kam.
Das Podagra, voll Hoffnung, nahm
Zum Schloß des Junkers seinen Gang.
Und mit welch freudigem Empfang

Ward

Ward es von ihm nicht aufgenommen!
Kaum sah er es gehinket kommen:
So nahm ers höflich bey der Hand,
Führts in sein Zimmer; drinnen stand
Ein Sopha mit viel weichen Küssen,
Davon legt er ihm drey zu Füssen,
Und sprach: Ihr Gnaden fordern dreist
Was Ihrem Gaum willkommen heißt.
Drauf rief er seine Diener her;
Da ward der Tisch nicht einmal leer
Von Thee, und Kaffee, und Orsade,
Von Chokolat, und Limonade,
Alsdann ward von der Schüsseln Menge
Die große Tafel fast zu enge;
Da kam französisches Ragout,
Weit umher dampfend nach haut Gout,
Schön Rostbeef nach der Britten Art,
Und Austern mit, und ohne Bart;
Dann kamen Austern am Kapaun,
Dann Austern schön gebraten, braun;
Dann wieder Austern in Pasteten,
Dann Fisch mit Austern, bis zum tödten;
Und schöne Braten, vom Phasan,
Bis auf den feisten Ortolan.
Kurz! alles was die Schmausewelt

Für

Für ächte Leckerbiſſen hält,
War ſo im Ueberfluſſe da,
Als wär es in Hammonia.
Die Weine? ja, wer kan die zählen?
Gewiß! hier durfte keiner fehlen,
Und das probiren riß nicht ab,
Vom Franzwein bis zum Vin de Cap;
So daß das Podagra ſogar
Satt bis zum höchſten Ekel war.

Die Spinne trat zum armen Mann,
Indeß auch ihre Wallfarth an.
Sie fand bey ihm ein freyes Leben,
Fieng an, zu haspeln und zu weben
Nach Herzensluſt mit Füßen, Händen,
An Thüren, Fenſtern, Balken, Wänden,
Und machte ſich manch ſchönes Netz
Nach ihres Eigenſinns Geſetz;
Rund, mit viel Stralen, krumm und ſchief.
Gleich, ungleich ſeltſam, flach und tief.
So herrſchte ſie im ganzen Haus,
Und niemand ſtört, und trieb ſie aus.

Als drauf die beyden Wanderer
Nach kurzer Zeit von ungefehr

Sich

Sich wieder sahn: da rühmten beyde,
Mit welcher wahren Luft und Freude
Ihr Leben nun versüßet sey.
Jedwedes blieb der Herberg treu;
Vergnügen war auf beyden Seiten.
Und so wohnt noch zu unsern Zeiten
Die Spinne bey den Armen gern,
Das Podagra bey grossen Herrn.

Der

Der Aal, und die Schlange.

Ein oft verfolgter fetter Aal
Aus einem trüben Fluß sich stahl,
Worin er aus der Räuberhand
Des Fischers sich mit Noth entwand.
Er schlupfte durch das feuchte Gras
Dahin, wo eine Schlange saß,
Und seufzte: Frau Gevatterinn,
Sagt mir, wie ich so elend bin,
Daß alle Fäuste nach mir haschen,
Von meinem bißchen Fleisch zu naschen?
Und ihr hergegen sitzt in Ruh,
Und niemand muthet euch was zu;
Da ihr an Aussicht, Farb, und Kleid,
Mir doch gewiß sehr ähnlich seyd.
Die Schlange sprach: das weißt du nicht?
Mein Zahn verletzt, mein Schwanz, der sticht,
Du schmeichelst nur, thust niemand leid,
Vor meinem Gift sich jeder scheut.

Der Pfau, und das welsche Huhn.

———

Vom Edelhof, der ihn erzogen,
War einst ein Pfau hinweggeflogen;
Er wußte nicht mehr, wo er war,
Zuletzt kam er nach viel Gefahr
Zu einer kleinen Meyerey.
Hier läuft gleich Jung und Alt herbey,
Und preißt mit übermäßger Freude
Den fremden Herrn im schönen Kleide.
Man streut ihm reichlich Futter hin,
Die andern Hühner sehen ihn
Mit heimlicher Bewundrung an,
Und mit gar großem Neid der Hahn.
Dem Pfau gefiel es hier so ziemlich,
Nur schien es seinem Stolz nicht rühmlich,
Daß er, so artig, so galant,
Hier nichts für sich zu lieben fand.
Was kann nicht Langeweile thun?
Ein niedlich junges welsches Huhn
Schien unserm Stutzer noch allein
Der Mühe werth, verehrt zu seyn.
Zwar eine Mutter war noch da,

E 5

Die

Die scharf auf ihre Tochter sah:
Allein der Pfau verstund sehr schön
Die Mutter selbst zu hintergehn;
Und sah noch überdies gar bald
Daß in des Töchterchens Gestalt
Der Mutter Blick vergaffet war.
Er nimmt daher des Vortheils wahr;
Macht an die Tochter sich beherzt,
Liebäugelt, lobet, lacht, und scherzt.
Sie war verliebten Tempramentes;
Der listige Herr Pfau erkennt es
Nur allzusicher aus der Art,
Mit welcher ihm begegnet ward.'
Die Mutter merkte jetzt den Handel;
Und sprach: mein Herr, der Tugendwandel
Von meiner Tochter ist bekannt;
Sie schickt sich nicht für Ihren Stand,
Und ist nicht aus dem Pfaugeschlecht!
Wir sind nur Hüner schlecht und recht.
Madam, (sprach hier der Pfau verstellt,)
Ich bitte Sie, was in der Welt
Verdient es mehr, als wie Sie beyde
Vom Pfaugeschlecht zu seyn? O Freude!
Ich kann ein würdig Kind erhöhn,
Und es mir gleich, und glücklich, sehn!

Madam

Madam betrachten selber nur
Die kleine süsse Kreatur.
Gleicht sie nicht völlig einer Pfau?
Und geht, und trägt sie nicht genau,
Sich so wie unsre Schönen tragen?
Der Augenschein wirds Ihnen sagen!

    Die Tochter höret ihn entzückt!
Die Mutter preiset sich beglückt.
Dem jungen Herrn ward viel erlaubt,
Der manche Gunstbezeugung raubt,
So daß fast jeder denkt, der Pfau,
Und dieses Huhn, sey Mann und Frau.
In diesem angenehmen Wahn
Kam plötzlich eine Pfauinn an.
Sie setzet stolz sich auf das Dach,
Schreyt, und macht alles um sich wach.
Der Pfau vernhmmt kaum, daß sie ruft,
So schwinget er sich in die Luft,
Eilt undankbar mit ihr davon,
Und Schande blieb des Hühnchen Lohn.

So machens noch in unsern Tagen
Die Herrn, die Federhüte tragen.

                                      Sie

Sie wissens noch gar wohl, Madam,
Wie Herr Baron von Hochblut kam,
Vorwillen nahm mit Carolinchen;
Bis plötzlich Fräulein Philippinchen
Erschien, und ihr den Bräutgam stahl,
Und sich der Herr Baron empfahl.

Die Schnecke, und die Frösche.

Ein großer Haufen Frösche faß
An einem Teich, im grünen Graß;
Sie machten sich mit hüpfen, springen,
Mit schwimmen, quacken, schreyen, singen,
Sehr lustig. Eine Schnecke sah
Dies voller Neid, und sprach: Ja ja!
Das glaub ich wohl, ihr habt gut lachen,
Und könnt euch hier wohl lustig machen!
Ihr habt vier schöne lange Beine,
Damit springt ihr von Rain zu Raine;
Doch ich, ich unglückseelig Thier,
Ich krieche stets im Staube hier,
Und schleppe noch von Ort zu Ort
Mein Haus wie einen Buckel fort.
Indem ließ sich der Storch hernieder;
Den Fröschen bebten alle Glieder,
Er stach und fraß in sie hinein,
Und schluckte hinter groß und klein.
Ey (sprach die Schnecke nun voll Muth,)
Ich seh, mein Buckel ist ganz gut.
Den will ich künftig lieber tragen,
Als so mein Leben stets zu wagen.

Der

Der wohlgezogene Hund.

Ein Herr hatt' einen schönen Hund,
Den liebt' er sehr; aus seinem Mund
Gab er ihm manchen Leckerbissen,
Und ließ sich oft gar von ihm küssen.
Er war so folgsam auch, so zart,
Daß jedes Drohn ihm furchtbar ward.
Zugleich war auch ein Spitz im Haus,
Der lief gar öfters heimlich aus;
Kam voller Schmutz und Koth zurück,
Und machte sonst manch plumbes Stück.
Deßhalb ward er oft eingeriegelt,
Beschimpft, gestoßen, und geprügelt,
So bald der fromme Hund dies sah,
Wars, als ob es ihm selbst geschah.
Er lief, verkroch sich, zitterte,
Als thäten schon die Schläg ihm weh.
Was bebst du? (fieng sein Herr einst an,)
Hab ich dir jemals was gethan?
Ich habe dich ja nie geschlagen!
Nein! (sprach der Hund) das muß ich sagen!
Doch fürcht ich eben jeden Schlag,
Weil ich nie einen haben mag.

Die

Die beyden Elstern.

Gieb kluger Sparsamkeit Gehör,
Und rechne lieber Jahre mehr,
Als du vielleicht zu leben hast;
Damit dich nicht des Mangels Last,
Auf den die Jugend sorglos blickt,
Im Alter doppelt schwerer drückt.

Zwo Elstern waren Nachbarinnen,
Kaum wurden sie des Herbstes innen:
So trugen sie mit regem Fleisse
Sich auf den Winter ihre Speise
An guten Eicheln, braunen Nüssen,
Und was sonst Elstern haben müssen,
Jedwed' in einem hohlen Baum,
Und gaben keiner Sorge Raum.
Der Winter kam vom hohen Brocken,
Das Haupt umringt mit Eis und Flocken;
Der freye Strom ward plötzlich hart,
Die sterbende Natur erstarrt.
Die Elstern zehrten ohne Klagen
Vom Vorrath, den sie eingetragen;
Doch flog die eine manchesmal

Beym ersten besten Sonnenstral
Hinaus ins Feld, und suchte sich,
An Rain und Hügeln, kümmerlich,
Was noch zu essen dienlich war.
Die andre nahm dies spöttisch wahr
Und sprach: fürwahr! Frau Nachbarinn,
Wie lange denkt ihr denn noch hin
Mit eurem Vorrath auszukommen?
Habt ihr die Lerche nicht vernommen,
Die munter schon im Saatfeld singt,
Und uns den Frühling wieder bringt?
Der Winter kann nicht länger währen,
Und sicher könntet ihr verzehren,
Was hier schon aufgesammelt ist,
Und sonst verdirbt, und niemand frißt.
Lebt so wie ich in Freud und Scherz,
Dem neue Nahrung bringt der Merz.

    Ja, (sprach die andere darauf)
Dem Schein nach hört der Winter auf;
Doch, uns zum größten Ungemach,
Kömmt oft ein später Frost noch nach.
Bleibt mir was übrig, nun wohlan!
Was ich nicht selbst verzehren kann,
Wird unter dieses Baumes! Rinden,
Noch immer seinen Mann wohl finden.

                         Sie

Sie hatte Recht. Denn plötzlich kam,
Da schon der Lenz den Anfang nahm,
Ein neuer Winter. Tiefer Schnee
Bedeckte traurig Thal und Höh,
Und lag verschiedne Wochen lang
Zu manches Thieres Untergang.
Kein Lenz erschien, wie man gedacht.
Der Hunger kam mit ganzer Macht,
Und ihre Nachbarinn erfriert,
Weil sie nicht richtig calculirt.

Der alte Spanier.

(Das Gegenbild voriger Fabel.)

———

Ein Spanier, der lange Zeit
Geschmachtet in der Dürftigkeit,
Ward schnell zu einem reichen Erben
Durch eines alten Vettern Sterben.
Das seltne war hiebey, er fand
In einem Schränkchen in der Wand
Zu dem er unverhofft gerathen,
Zehntausend neue Stück Dukaten.
Was (dacht er) fängst du damit an?
Du bist nun schon ein alter Mann!
Sie erst auf Zinsen auszuleihn
Das möchte zu gefährlich seyn.
Schon gute volle siebzig Jahr!
Leb ich zehn Jahr noch — Nun fürwahr!
So hab ich mich nicht zu beschweren!
Jedoch so lange wirds nicht währen!
Ich bin bereits zu alt, zu schwach,
Denk ich drum recht dem Dinge nach:
So wird es wohl am besten seyn,
Ich schliesse meinen Goldklump ein;

Und nehme dann für jedes Jahr
Ein tausend Stück Dukaten baar,
Verzehre die, wie mirs gefällt,
Und sag im zehnten Jahr der Welt
Mein Lebewohl! Was er beschloß,
Das that er. Wenn ein Jahr verfloß,
Nahm er aus seinem Beutel auch
Aufs neu zum künftigen Gebrauch
Sich tausend Stück Dukaten hin,
Und lebte froh nach seinem Sinn.

Als nun das letzte Jahr verstrich;
So fügte sichs gar wunderlich,
Daß er noch lebte; ja, sogar
Bey achtzig Jahren frischer war,
Als vor bey siebzig. Ohne Geld.
Sah er aufs neu sich in der Welt,
Und mußte wiederum gar schön
Vor fremden Thüren betteln gehn,
Er seufzte dann beym sauern Schritt:
Theilt einem Edelmann was mit,
Der seine Rechnung schlecht gemacht,
Und länger lebt, als er gedacht.

Die

Die Hunde mit der Löwenhaut.

Zween Hunde fanden in dem Wald
Ein Löwenfell, und fielen bald
Voll Neid und Rachsucht drüber her,
Zerzausten und zerrissens sehr.
Dies sah voll Zorn ein Wolf, und sprach:
Die Haut bedecket ihr mit Schmach;
Doch stäcke noch der Löwe drinn,
Wie hurtig wolltet ihr entfliehn!

Es machten sich mit grobem Schmähn,
Wie wir noch täglich vor uns sehn,
Zween Kritiker, voll Rach und Gift,
An eines todten Autors Schrift.
Sein Freund las ihre Schmiererey,
Und sprach voll edlen Zorns dabey:
O! könnt er wider euch noch schreiben,
Wo wolltet ihr, ihr Herrn, doch bleiben!

Der Esel, und der Stier.

Der Esel gieng einst auf der Weide
Mit einem Stier: da hörten beyde
Viel Lärm, als wie von einem Heer,
Und in den Dörfern rund umher
Zu Sturm mit allen Glocken läuten.
Was (sprach Herr Heinz) mag das bedeuten?
Ach Freund, (erwiedert ihm der Stier,)
Ich zittre schon, der Feind ist hier!
Laß uns sogleich von hinnen fliehn,
Bis daß die Plündrer weiter ziehn;
Bekämen sie uns hier zu fassen,
Wir müßten beyde Haare lassen.
Der Esel sprach hierauf: Ey nun!
Willst du entfliehn, das kannst du thun.
Dir grauet, daß du wirst erstochen,
Und sie dich schlachten, schinden, kochen,
Vor diesem allen bin ich frey.
Mein Schicksal bleibt stets einerley,
Und ich muß unter gleichen Plagen
Die Säcke doch zur Mühle tragen.

Rak

Kalt sieht sehr oft der Unterthan
Den Feind sich seinen Grenzen nahn.
Er weiß, ihm bleibet Sklaverey,
Sein Sieger sey auch wer er sey.

Der Adler, und der Wiedehopf.

Ein Adler, der mit großem Prachte
Dem ältsten Sohne Hochzeit machte;
Lud alle Vögel ein zum Mahl.
Sie kamen auch in großer Zahl,
Und nach sehr freundlichem Empfang
Ward jeglichem sein Sitz und Rang
Vom Adler selber zuerkannt.
Den Platz der Braut zur rechten Hand
Bekam zu aller Vögel Neid
Der Wiedehopf, dieweil sein Kleid
Ins Auge fiel, und seinen Kopf
Ein hocherhabner Federschopf
Wie eine Königskron umschloß.
Die Vögel, welche dies verdroß,
Beschwerten sich, und sagten laut:
Er sitzt mit Unrecht bey der Braut.
Was hilft die Kron auf seinem Kopf,
Da er in seinen garstgen Kropf
Die ekelhaftste Nahrung ließt;
In jedem Koth, auf jedem Mist

D 4

Herum

Herum sich wälzt, aus Pfützen trinkt,
Und auf zehn Schritte weit schon stinkt.
So sprachen sie, und voller Hohn
Gieng drauf der größte Theil davon.

Dem Adler gleichen viel auf Erden,
Die blos durch Schein betrogen werden.

Der Löwe, der Stier, und der Ziegenbock.

Wenn erst der Mächtige dir droht
Schwört auch der Kleinre dir den Tod?

Ein starker Stier, sonst unverzagt,
Ward von dem Löwen doch gejagt,
Und floh nach seinem Stalle zu.
Ein Ziegenbock stand da in Ruh,
Und hielt dem Stier sogleich verwegen
Mit wildem Blick sein Horn entgegen.
Der Ochse wich in vollem Lauf
Den Hörnern aus, und sprach darauf:
Ich fürchte mich, Freund, nicht vor dir;
Allein der Löw ist hinter mir.

Der

Der Bauer mit den Birnen.

Verachte das Gewisse nicht,
So viel auch Hofnung mehr verspricht;
Sie täuscht mit jedem Augenblick;
Was du verschmähst, ist oft dein Glück.

Ein reicher Schultheiß gieng von Haus
Gar früh zu einem Kirmeßschmauß.
Das Dorf lag weit von seinem Ort,
Indeß lief er doch nüchtern fort;
Denn schon saß er im Geist am Tisch,
Bedeckt mit Braten, Fleisch, und Fisch.
Da, (dacht er) sollst du sanft dich ruhn,
Und dir was rechts zu gute thun.
Wer wollte nicht mit leerem Magen
Auf einen Schmauß zu hungern wagen?
So strich er mit vergnügtem Sinn,
Durch Haide, Wald und Fluren hin.
Der Mittag nahte sich nunmehr,
Und sieh! ihm fällt von ohngefehr,
Da schon die Sonne brennend sticht,
Am Weg ein Birnbaum ins Gesicht,

Den kürzlich brav der Wind durchrüttelt,
Und manche Birn herabgeschüttelt.
Sie schienen reif und schön zu seyn,
Und luden unsern Wandrer ein,
Bey leerem Bauch davon zu essen:
Allein er ließ sie ganz vermessen
Mit seinen Füßen fort, und sprach:
Ich geh ganz andern Essen nach!
Ihr seyd mir sonst ein gut Gericht,
Doch meiner Treu! nur heute nicht!
Er eilte fort, und kam gar bald
An einen Strom, wo, durch Gewalt
Der Fluth, die Brücke weggeschwommen,
Er konnte nicht darüber kommen,
Lief lang am Ufer auf und ab,
Bis er zuletzt sich drein ergab,
Ungern den Weg zurücke nahm,
Und wieder zu dem Birnbaum kam,
Den er geschmäht vor wenig Stunden.
Hätt er da nicht die Birn gefunden,
Die er getreten erst mit Füssen:
So hätt er halb verhungern müssen.

Der

Der Teufel, und das alte Weib.

Wie oft giebt man in unfern Tagen,
Wenn fich ein Unglück zugetragen,
Dem Teufel, und nicht fich, die Schuld!
Ihm riß daher einft die Gebuld,
Da voller Unvorfichtigkeit
Ein altes Weib zur Kirfchenzeit
Selbft auf den Baum zu fteigen dachte,
Und fchon zum Fallen Anftalt machte.
Er fah ihr thörichtes Beftreben,
Sie wird (dacht er) die Schuld mir geben,
Zu ihrem Unglück Urfach feyn,
Und dennoch über mich nur fchreyn.
Dem Dinge deßhalb vorzubeugen
Rief er Notarien und Zeugen,
Und fprach: ihr feht, das alte Weib
Wagt unvorfichtig ihren Leib,
Und wird vom Baum herunterfallen;
Deßwegen thut mir den Gefallen,
Und helft mir zeugen, daß fies that
Für fich, und ohne meinen Rath.
Kaum hatten fie dies ausgemacht:
So that das Weib, wie er gedacht,

Vom

Vom Baum gar einen schweren Fall,
Und schrie. Die Nachbarn kamen all,
Und fragten: welcher böse Geist
Treibt dich im Alter noch, so dreist
Dich jungen Knaben gleich zu zeigen,
Und auf solch einen Baum zu steigen?
Der Teufel, (sprach sie) gab mirs ein!
Was? (schrie der Teufel zornig,) Nein!
Das lügst du, alte Hexe, du!
Rief seine Zeugen drauf herzu,
Die thatens unpartheyisch dar,
Daß er es nicht gewesen war.

Der Löwe, und der Esel.

Gebeuget unter schwere Lasten,
Und mager von den vielen Fasten,
Gieng einst ein Esel über Feld.
Ihn sah der Thiere Fürst, der Held,
Der so gepriesne Löwe, gehn,
Und sprach zu ihm mit bitterm Schmähn:
Weich aus, du niederträchtig Thier!
Man siehet seine Schand an dir!
Du schleppest, wie mans haben will,
Und schweigst zu jeder Drohung still!
Ruhm habt ihr noch allein von mir;
Ich bin des Thierreichs Schmuck und Zier,
Denn mich, und meine Tapferkeit,
Rühmt man auf Erden weit und breit.
Mit Demuth hub der Esel an:
Und was hat Gutes sie gethan,
Die so gerühmte Tapferkeit?
Den Wald verheert, das Vieh zerstreut?
Ich nütze Menschen spät und früh,
Und du, Herr Held? zerreissest sie!

Die

Die Ziege, das Lamm, und das Schwein.

Wie deutlich sagt uns das Gewissen,
Was für ein Loos wir fürchten müssen;
    Ein Bauer fuhr zur Stadt, und nahm
Ein fettes Schwein, ein niedlich Lamm,
Und eine Zieg' auf seinen Wagen,
Die Ziege lag da, ohne Klagen,
Still, wie das Lamm. Nur blos das Schwein
Fieng an aus vollem Hals zu schreyn,
Und tobte, rast', und sperrte sich.
Pfuy! (sprach der Bauer) schäme dich,
Du garstig ungezognes Thier!
Sieh, wie geduldig liegen hier
Die andern beyden! — Ey nun ja!
(Versetzt das Schwein.) Die Ziege da
Hat gute Milch; die läßt man leben,
So wie das Lamm, das Wolle geben,
Und sich gefällig machen kann;
Allein wie schlimm bin ich nicht dran,
Da alles beydes mir gebricht?
Nicht Milch hab ich, noch Wolle nicht;
Komm ich zur Stadt, so weiß ichs schon,
Der Tod ist mein gewisser Lohn!

Die

Die Mücke, und der Stier.

Mit lautem fumfenden Gefieder
Ließ eine Mücke sich hernieder
Auf einen Stier, und setzte sich
Stolz auf sein Horn, und sprach: Drück ich
Zu sehr dich auch, mein lieber Stier,
So bitt ich, sage dreist es mir!
Wen hör ich hier als wie im Traum?
(Versetzt der Stier.) Ich weiß ja kaum,
So sehr du auch dein Daseyn nützest,
Auf welchem Horne du mir sitzest.

Der Vieharzt, und der Kranke.

Ein Mann, von nicht gar viel Verstande,
War lange Zeit von Hitz und Brande
An seinen Augen krank gewesen,
Und gieng, um wieder zu genesen,
In seinem einfaltsvollen Sinn
Zu einem Pferdedokter hin.
Der Vieharzt griff zu seinen Flaschen,
Fieng an, die Augen ihm zu waschen
Mit alle seinem Wasserkram,
Den er für Pferd und Esel nahm.
Der Mann, wie konnt es anders seyn?)
Ward völlig blind; fieng an, zu schreyn,
Und zog, als einen Bösewicht
Den armen Vieharzt vors Gericht.
Der Richter aber sprach ihn frey,
Und sagte Klägern noch dabey:
Wärst du, mein Freund, nicht selbst ein Vieh,
So giengest du zum Vieharzt nie!

Der gefangene Trompeter.

Ein dicker Mohr, mit Namen Peter,
Ward bey der Reuterey Trompeter,
Und bald darauf in einer Schlacht
Mit zum Gefangenen gemacht.
Man gab ihm manchen Rippenstoß,
Er aber rief: Laßt mich doch los!
Ihr wißt, daß ich nicht mit gekriegt,
Und euch kein Leides zugefügt!
Mein Säbel wurde nicht gezückt,
Und mein Pistol nicht losgedrückt!
Das bischen blasen auch allein
Wird ja so strafenswerth nicht seyn!
Warum nicht? Schurke! (fieng man an)
Dein blasen eben hats gethan
Du machtest unsern Feinden Muth,
Und setztest sie dadurch in Wuth.
Wer zu der That Ermuntrung giebt,
Hat selber sie mit ausgeübt.

Der abgebrannte Bauer.

Dem feindlichen Geschick zum Trutz
Mach selbst das Unglück dir zu Nutz!
   Bey einem starken Winterfrost,
Und bey geringer schmaler Kost,
Behalf ein armer Bauer sich
Gar elend, und gar jämmerlich.
Dem ward, von Bösewichtes Hand
Sein kleines Häuschen angebrannt,
Er lief hinaus. Die helle Glut
Nahm überhand. Der Nachbarn Muth
Half ihm zwar treulich; doch zuletzt
Ward alles Löschen ausgesetzt,
Da bey stets wachsender Gefahr
Das Haus nicht mehr zu retten war.
Der Bauer sah hierauf in Ruh
Den schönen hellen Flammen zu;
Trat näher, und hub lächelnd an:
Kann ich nicht löschen, nun wohlan!
So will ich, ohne mich zu härmen,
Mich an dem Feuer doch noch wärmen!

Der Greis, und die junge Frau.

Ein alter Mann mit grauen Haaren,
Nahm sich ein Weib von zwanzig Jahren.
Allein nachdem sie manche Nacht
Sehr kalt zusammen zugebracht:
So sah er, doch zu spät, es ein,
Daß er wohl nicht mehr sollen freyn.]
Ich werde, (hub er seufzend an)
Gestraft für das, was ich gethan!
Zu meiner Jugend Zeitvertreib
Hatt ich, wie Pflicht es war, kein Weib;
Nun, da Verdruß und Alter nahm,
Hat meine Frau auch keinen Mann!

Der

Der Esel, der Affe, und der Maulwurf.

Sey mit dem Loose doch zufrieden,
Das dir die Vorsehung beschieden
So schlecht es dir auch immer scheint,
So giebts doch schlechtre noch, mein Freund!

Der Esel war sehr ungehalten,
Daß er nicht Hörner auch erhalten,
Man schlägt mich, (hub er seufzend an)
Weil ich mit nichts mich wehren kann!
Ach! (sprach der Affe,) tröste dich!
Du bist noch glücklich! doch, sieh mich!
Du hast ja deine Glieder ganz;
Mir aber fehlet gar der Schwanz,
Der doch so manchmal Noth mir thut!
Die Mücken stechen mich aufs Blut;
Das muß ich alles willig leiden!
In Wahrheit, guter Freund, uns beyden
Hat die Natur zu viel versagt!

Indem der Affe dieses klagt,
Wühlt sich ein Maulwurf aus der Erde,
Und sprach: o tragt doch die Beschwerde,

E 3   So

So die Natur euch aufgelegt!
Wie karg hat sie nicht mich gepflegt
Es mag auch noch so schlecht euch
So könnt ihr wenigstens doch sehn!
Doch ich, ich armes Erdenkind,
Bin gar mit beyden Augen blind!

Der Jäger, und die Wachtel.

Ein Jäger, der mit süssen Griffen
Den Wachteln lange Zeit gepfiffen,
Fieng endlich eine. Guter Mann,
(Hub sie vertraut zum Jäger an,)
Ich weiß es wohl, an mir allein
Kann dir nicht viel gelegen seyn.
Doch willst du mir das Leben schenken,
So wirst du noch an mich gedenken!
Du sollst durch meine seltnen Gaben
Traun! Wachteln gnug zu fangen haben
Ich will sie selbst ins Netz dir führen,
Und du brauchst nur es zuzuschnüren,
Ey, (sprach der Jäger voller Hohn)
Weißt du auch wohl der Falschheit Lohn?
Da du selbst Freunde willst verrathen?
So will ich auch zuerst dich braten?

Der

Der Jüngling, und die Schwalbe.

Ein junger locterer Verschwender,
Der seine Kleider all als Pfänder
Zum Wechselinden hingebracht,
Und froh den Winter durchgelacht;
Besaß von warmer Kleidung nur
Noch einen Mantel. Die Natur
Begann sich wiederum zu fühlen;
Die Mücken fiengen an zu spielen,
Und eines Tags nahm er sogar
Mit Freuden eine Schwalbe wahr.
Der Sommer kömmt! (rief er entzückt,)
Und dieser Mantel, der mich drückt,
Kann noch in Wein vertrunken werden!
Er thats. Allein die Schooß der Erden
Ward bald aufs neu in Schnee versteckt;
Der Mantel, welcher ihn bedeckt,
War fort. Für Frost beynah halb todt
Fand er zum Trost in seiner Noth
Am Wall wo eine Schwalbe liegen.
Vom Frost getödtet. Mit Vergnügen,
(Sprach er) trag ich des Mangels Last,
Da du auch deinen Lohn nun hast,

Der

Der Fuhrmann, und der Gott Hercules.

***

Das Beten hilft, nur nicht allein;
Auch eigner Fleiß muß wirksam seyn.
　　Ein Kärner, der zu großem Schaden
Sein kleines Fuhrwerk überladen;
Saß endlich fest mit seiner Last
In einem Wege voll Morast.
Sogleich rief er in dieser Noth
Zum Herkules, dem mächtgen Gott;
Und bat mit vielen Seufzern, ihn
Mit seinem Karn herauszuziehn,
Nachdem er lange Zeit geharrt,
Und endlich; nach der Faulen Art,
Schon in sein Schicksal sich ergab:
Rief eine Götterstimm' herab:
Was schreyt und heult da für ein Thor?
Hohl deine Hacke frisch hervor!
Räum weg den Koth, wie sichs gehört,
Und peitsche tüchtig auf dein Pferd;
Dann ruf zum Herkules aufs neu,
Und, glaube mir, er steht dir bey!

***

Der

74

Der kranke Esel.

Ein alter Esel lag sehr krank
Im Stall auf einer harten Bank;
Der Stall war weislich zugemacht,
Und nur ein Loch drinn angebracht.
Da kamen Wölfe, Füchse, Hunde,
Mit schon nach Fleisch begiergem Munde,
Und sprachen zu des Esels Sohn
In süßem freundschaftlichen Ton:
Wie gehts dein alten Eselmann?
Viel besser (hub der Sohn drinn an)
Als wie die Herren wünschen werden,
So freundlich sie sich auch geberden.

Der

Der Staar, und die Hähne.

In einem Hühnerbauer saßen
Zween Hähne, die man mästen laßen;
Zu denen kam ein junger Staar,
Der von dem Koch gefangen war.
Die Hähne fielen auf ihn los,
Und rupften ihn mit manchem Stoß.
Der Staar verkroch sich; er war klein,
Und saß im Winkel scheu, allein
Sie pflücken, (dacht er) dich mit Recht,
Denn du bist nicht vom Hahngeschlecht.
Doch bald drauf fiel der eine Hahn
Den andern selber grimmig an;
Da gieng es an ein raufen, beißen,
Es kam zuletzt zum Kammausreißen.
Ey ey! (gedachte drauf bey sich
Der scheue Staar) nun tröst ich mich!
Wie sollt ich armer Fremdling klagen,
Da sie sich selber nicht vertragen?

❖ ❖ ❖

So tröst auch, armer Autor, dich,
Wenn Zeitungsschreiber unter sich
Zerfalln; sich zanken, schimpfen, hassen,
Und dich dadurch in Ruhe lassen.

Der wehmüthige Abschied.

Ein junger deutscher Edelmann,
Der manche Reise schon gethan,
Kam endlich nach Neapel hin;
Da fand er eine Sängerinn,
Die ganz besonders ihm gefiel.
Sie ward bald seiner Wünsche Ziel,
Und nach sehr viel gespielten Ränken,
Nach manchen Bitten und Geschenken,
Ergab sie seiner Sehnsucht sich,
Er liebte sie so inniglich,
Daß fast kein Tag vorüber gieng,
An welchem nicht ein schöner Ring,
Und Dosen, Uhren, Brüßler = Kanten,
Saloppen, Mäntelchen, Volanten,
Und Silberzeug, und Porzellan,
Und was man sonst erdenken kann,
Den Weg zu ihrer Wohnung fanden.
Indeß war nun die Zeit vorhanden,
In welcher eines Vaters Brief
Den jungen Herrn zurücke rief.
Die Dame war ihm so gewogen,

Daß

Daß sie ihn gänzlich ausgezogen;
Sein Beutel war längst völlig leer;
Er hatte nichts von Kleidern mehr,
Als einen Pelz mit Gold besezt.
In dem gieng er zu guterlezt
Zur Sängerinn, und wehmuthsvoll
Sagt er ihr nun sein Lebewohl!
Die Schöne konnte sich nicht fassen;
Auch, da er sie bereits verlassen,
War sie noch immer ausser sich,
Und schrie, und weinte bitterlich,
Dem Kammermädchen nahm dies Wunder;
Signora, (hub sie an) tzunder
Thun Sie, was Sie noch nie gethan!
In aller Welt! was ficht sie an?
Laß doch den dummen Deutschen wandern!
Sie haben morgen einen andern,
Und zehn und zwanzig, wenn sie wollen,
Die uns wohl schadlos halten sollen!
Was? (sprach hierauf die Sängerinn)
Meynst du, daß ich so albern bin,
Und über seinen Abschied weine?
Was ich mit diesen Thränen meyne
Ist blos sein Pelz! Ach! welche Pracht!

Er

Er schien für mich recht wie gemacht!
Und darum weiß ich aus Verdruß,
Daß ich ihm den so lassen muß!

Die stolze Fliege

Mach dich mit leerem Stolz nicht breit,
Man lacht nur deiner Eitelkeit,

　　Vier Pferde zogen einen Wagen,
Und ließen in dem schnellen jagen
Gar einen großen Staub zurück.
Es schwang sich in dem Augenblick
Auch eine Fliege mit hinauf,
Und rufte bey des Wagens Lauf:
Ihr guten Leute, gebt doch acht,
Den großen Staub hab ich gemacht!

Die Spinne, und die Schwalbe.

Die Spinne meynte, ganz allein
Das Recht zu haben, groß und klein
Der armen Fliegen zu berücken;
Und sah daher mit scheelen Blicken,
Daß auch die Schwalbe fliegen fieng,
Wart, (dachte sie) ich will das Ding
In kurzem dir zu wehren wissen,
Du sollst mir dafür leiden müssen!
Sie war recht stolz auf ihre Künste,
Indem sie ein sehr fest Gespinnste
Quer über vor ein Fenster zog,
Durch welches oft die Schwalbe flog,
Allein die Schwalbe kam gar bald,
Fuhr durch das Fenster mit Gewalt,
Riß Spinn und Netz mit übers Dach;
Da schrie die Spinne: Weh mir! Ach!
Ich denke Vögel umzubringen,
Und konnte Fliegen kaum bezwingen!

Der

Der verurtheilte Soldat.

Ein junger tapferer Soldat
Ward wegen einer Uebelthat,
Die er in bösem Trunk begangen,
Dafür sein Urtheil zu empfangen
Hinausgeführt. Sein braunes Haar,
Der großen schwarzen Augen Paar,
Sein gut Gesicht, die schöne Länge,
Bewegten ringsumher die Menge;
Vor allem ward er, wie man sagt,
Vom weiblichen Geschlecht beklagt.
Schon kniet er nieder auf den Sand,
Und schon war von des Henkers Hand
Das scharfe Schwerdt gezückt; als Halt!
Durch den geschloßnen Kreis erschallt.
Ein Mädchen drang zugleich herbey,
Und rief mit ängstlichem Geschrey:
Pardon! Pardon! Ihr Leute denkt!
Man hat sein Leben mir geschenkt.
Ich fiel dem Landesherrn zu Füßen,
Und ließ so lange Thränen fließen,
Bis ich vom Tod ihn losgemacht.

Zachariä III. Theil.   F   Ihm

Ihm ist Verzeihung zugedacht,
Wenn er zur Frau mich nehmen will!
Der arme Sünder sah sie still,
Und voller Ueberlegung an.
Was du (sprach er) für mich gethan,
Ist dankenswerth. Doch, trügt mich nicht
Dein wildes kupfriges Gesicht,
Dein rothes Aug, dein spitzes Kinn,
So bist du eine Teufelinn,
Die mir zur allerschwersten Bürde
Mein elend Leben machen würde!
Ein böses Stündchen ist fürwahr!
Erträglicher, als zwanzig Jahr
Mit einem Weibe, so wie du,
In steter Quaal; drum haut nur zu!

Die

Die junge Frau im Beichtstuhl.

Im Beichtstuhl sprach einst eine Frau:
Herr Pater, soll ich ganz genau
Auch meine kleinsten Sünden sagen;
So muß ich Ihnen freylich klagen,
Daß oft mein Mann von mir verreißt,
Und mich im Ehstand fasten heißt.
Wer ist gleich stark zu allen Stunden?
Mein Nachbar hat den Weg gefunden
Zu meiner schwachen Zärtlichkeit!
Die Freundschaft gieng bald etwas weit,
Soll ich noch weiter fort erzehlen?
Mein Sohn; — ich kann es nicht verhehlen —
Es hat mir selbst recht leid gethan —
Mein Sohn ist nicht von meinem Mann.
So sprach sie voll verstellter Schaam.
Der Pater sprach: Ey ey! Madam,
Sie habens etwas arg gemacht.
Doch dessen sey nicht mehr gedacht;
Sie sollen mir dadurch es büßen,
Daß Sies dem Manne sagen müssen.

F 2

Der

Beschwören Sie mir dies recht theuer,
Sonst müssen Sie ins Fegefeuer!
Der Dame gieng das sauer ein;
Doch einst im Fegefeur zu schreyn,
War ebenfalls ihr ungelegen.
Nach kurz- und gutem Ueberlegen
Versprach sie es, und fand zu Haus
Nach ihrer List ein Mittel aus,
Dem Manne zwar es zu gestehn,
Jedoch sich nicht beschämt zu sehn.
Der Mann trat einst verkappt, verstellt,
Zu ihr herein, wollt' über Feld;
Da fieng sie an ihr Kind zu ritzen,
Mit ihrer scharfen Nägel Spitzen,
So daß es weinete und schrie.
O liebes Männchen, (sagte sie)
Erschreck's ein wenig, daß es schweigt!
Der Mann war gleich dazu geneigt;
Hielt seine Hände vors Gesicht,
Und brummte: Mum! Mum! schweigst du
So nehm ich dich mit weg, fürwahr!
Und fresse dich mit Haut und Haar.
Da fieng die Mutter scheltend an:
Fort! fort mit dir, du böser Mann!
Dies Kind gehört dir gar nicht zu!

Mein Schäfchen ists, laß mirs in Ruh,
Du hast dir nichts dran anzumaßen,
Und sollst mirs ungefressen lassen!

So ward die schwere Buß' erfüllt,
Und ihr Geheimniß blieb verhüllt.

Der Bär, und die Bienen.

Einst schlich ein honiglecker Bär
Um eine Bienenwohnung her.
Lautsummend fährt da aus dem Haus
Schnell eine Bien auf ihn heraus,
Und sticht ihn auf den Pelz. Voll Grimm
Faßt gleich der Bär mit Ungestüm
Den Bienenkorb, und stürzt ihn um,
Wühlt in dem Honigseim herum,
Macht hundert junge Bienen todt,
Und brummt, und kratzt, und scharrt und droht.
Als drauf die andern Bienen sahn,
Was ihr ergrimmter Feind gethan:
Da fiel die ganze Schaar auf ihn.
Er konnte nicht so schnell entfliehn,
Daß sie ihn nicht ereilet hätten,
Vor Angst wußt er sich nicht zu retten;
Der ganze Rücken war ihm wund,
Er blutete an Aug und Mund,
Und ward an allen Vieren lahm.
Als er drauf zu sich selber kam,
Und sich der Bienenschwarm verlohr;

Sprach

Sprach er mit Seufzen: o ich Thor!
Hätt ich der Rache doch vergessen,
Den Einen Stich in mich gefressen!
Nicht einen Stich wollt' ich ertragen,
Nun muß ich über tausend klagen!

✢ ✢ ✢

Erwogen sie des Bären Schluß
Herr Autor, und Herr Kritikus.

Der

Der alte Reuter, und seine Braut.

Ein österreichscher Küraßier,
Der lang gedienet, kam nach Trier,
Und ward ein Wirth. Es fiel ihm ein,
Der Wirthschaft wegen auch zu freyn.
Er suchte sich ein Mädchen aus,
Die für ein öffentliches Haus
Ihm recht gemacht schien; von Gestalt
Recht gut; nicht jung, doch auch nicht alt.
Die Hochzeit ward sogleich gemacht.
Als sie nun in der ersten Nacht
In ihre Kammer sich verfügt,
Und schon der Bräutigam vergnügt
Im Bette lag, ganz voll Verlangen
Die Braut auch bald drinn zu umfangen;
Da setzte traurig sich die Braut
Auf einen Stuhl, und weinte laut.
Was weinst du denn, mein kleines Lamm,
(Rief zärtlich ihr der Bräutigam,)
Stell doch so albern dich nicht an!
Meynst du denn wohl, es sey beym Mann
So schwer zu schlafen? Kindchen, Nein!

Du

Du sollst bald andrer Meynung seyn.
Ach! (sprach sie seufzend) was dem Herrn
Beliebt zu sagen, glaub ich gern.
Beym Mann zu schlafen ist nicht schwer;
Allein — ich bin nicht Jungfer mehr!
Dies war dem Bräutgam freylich nicht
Ein allzulieblicher Bericht:
Allein er suchte sich zu fassen,
Und sagte drauf zu ihr gelassen:
Ich seh wohl, so wie ichs gemacht,
So wirds mir wieder eingebracht!
Manch Mädchen hab ich aufgeschnürt,
Und manche brave Frau verführt;
Weil ich so manches Bett entehrt,
Wird auch nichts reines mir bescheert.
Indessen, weils nicht anders ist,
So komm nur her, so wie du bist!

Der Frosch, ein Doktor.

Aus einem Teiche voller Rohr
Kroch einst ein dicker Frosch hervor;
Die Zeit ward ihm im Wasser lang,
Er nahm zur Lust drum einen Gang
Hin nach dem nächsten grünen Wald,
Dem angenehmen Aufenthalt
Von manchem groß und kleinen Thier.
Da stieg er voller Ruhmbegier
Auf einen runden Eichenklotz,
Sah um sich her mit edlem Trotz;
Und als sich auf den Blumen-Matten
Viel Thier um ihn versammelt hatten;
Blies er die Backen auf, und sprach:
Fühlt etwan wer ein Ungemach
An Leber, Lunge, Milz und Herzen;
Hat einer Pein, und große Schmerzen
Von Podagra, von Stein, und Gicht;
Hat einer keine Oeffnung nicht;
Ist er von hektischer Natur;
Liegt er am Fieber, an der Ruhr,
An Cacherie, Epilepsie,
An Agrypnie, Hydropisie;
Hat er den Appetit verlohren;

Fühlt Sausen, Brausen in den Ohren —
Der trete dreist zu mir heran,
Und nehme von mir Tropfen an!
Honette Herrn nach Standsgebühr,
Sie sehn den größten Doktor hier!
Ich bin die halbe Welt durchreißt,
Und meinen großen Namen preißt
Paris, und London, Wien, und Rom,
Der Rhein, der Mayn, der Donaustrom;
Denn alles hab ich ausstudirt,
Und tausende hab ich kurirt!

    Die Thiere glaubten ihm zum Theil,
Und kamen schon in großer Eil
Von allen Ecken hergelaufen,
Um Arzeney von ihm zu kaufen:
Da rief der Fuchs: Ihr armen Thoren!
Sagt, habt ihr den Verstand verlohren?
Seht euren Doktor doch recht an,
Er ist ja selber übel dran!
Die Augen stehn ihm aus dem Kopf;
Die Brust kocht wie ein alter Topf,
Der Mund ist blaß, der Fuß geschwollen;
Der dicke Bauch hervorgequollen;
Kann er hievon sich nicht befreyn,
Wie will er andrer Doktor seyn?

Der unvermuthete Ehseegen.

Beschenke den mit Gegenlügen,
Der dich zu dreist sucht zu betriegen.
    Ein Kaufmann, der verschiedne Jahr
In Indien gewesen war:
Kam endlich durch sein gutes Glück
Mit großem Geld und Gut zurück.
Viel Freude war da beym Empfang:
Er hielt sein junges Weibchen lang
In seinen Armen eingeschlossen,
Und Küsse rauschten, Thränen flossen.
Im Feuer dieser Zärtlichkeit
Sah ungefehr der Mann beyseit,
Und fand erstaunt in einer Wiege
Ein kleines Knäbchen, dessen Züge
Den seinen wenig ähnlich waren,
Von andern Augen, andern Haaren.
Er stand betreten, voller Schaam.
In aller Welt! (sprach er) Madam,
(Und runzelte die Stirn gar sehr,)
Wo schreibt sich denn dies Kindchen her?
Denn täuschet mich nicht die Gestalt,

So ist es kaum sechs Monath alt!
Ach, liebes Männchen! (sprach die Frau)
Frag doch hienach nicht so genau.
Ich will dir die Geschichte sagen:
In diesen letzten Wintertagen
Fühlt ich einmal um Mitternacht
Der keuschen Liebe ganze Macht.
Voll von der heissesten Begier
Sehnt ich, mein Engel, mich nach dir.
Ich konnte deiner nicht geniessen;
Lief aber, meine Lust zu büßen,
Hinab, damit ich es gesteh,
Und machte mir ein Kind von Schnee;
Das aß ich auf. Mir ward im Leibe
Wie einem wirklich schwangern Weibe,
Und eh ich dessen mich versah,
War dieser kleine Junge da.
Wirf deßhalb keinen Argwohn nicht
Auf meine dir gelobte Pflicht.
Der Junge sey uns doppelt werth,
Da ihn der Himmel uns bescheert.

Der Mann schwieg still. Ich will mich fassen
(Dacht er) und Sie bey Ehren laßen.
Der Knabe wuchs indeß heran.

Nach

Nach sieben Jahren gieng der Mann
Aufs neu zur See, und nahm den Knaben,
Um Zeitvertreib an ihm zu haben,
Mit auf die Reise; gab ihn da
An jemand nach Amerika,
Und kam zu Haus. Wie? (fragt geschwind
Die Mutter ihn) wo bleibt mein Kind?
Ach! (sprach der Mann) still dein Verlangen,
Es ist mir toll mit ihm gegangen.
Das Schiff gerieth in seinem Lauf
Bis an die Linie hinauf.
Du weißt, es ist da schrecklich warm;
Der Knabe lag mir in dem Arm.
Die Sonne stach uns auf den Kopf;
Da schmolz geschwind der arme Tropf;
Und, weil du ihn aus Schnee gemacht,
Zerfloß er mir, eh ichs gedacht.

Die bußfertigen Thiere.

———

Sogar auch in der Thiere Reich
Kam einst die Pest. Des Todes Streich
Riß zwar nicht alle grausam hin;
Doch jedes war in seinem Sinn
Bestürzt, betäubt, und traurensvoll.
Der Wolf vergaß den alten Groll,
Mit dem er auf die Heerden fiel.
Da war kein Scherzen mehr, kein Spiel
Bey den verscheuchten Turteltauben;
Der Löwe selbst vergaß zu rauben.
In dieser dringenden Gefahr
Berief er seiner Räthe Schaar
Um seinen Thron. Ihr Freunde, (sprach
Der Wälder Fürst,) dies Ungemach
Scheint unsrer großen Sünden wegen
Des Himmels Zorn auf uns zu legen!
Darum bekenne jeder hier
Was er verbrochen! Selber mir
Setz ich, wie andern, dies zur Pflicht.
Vielleicht, daß, wenn ein Bösewicht
Den Göttern sich zum Opfer weiht,

Ihr

Ihr Zorn, der uns bisher gedräut,
Gelinder wird. Ich sag es frey,
Daß ich ein großer Sünder sey!
Wie manches Schaaf hab ich zerriffen!
Zudem so sagt mir mein Gewiffen,
Daß ich den Schäfer selbst verzehrt!
Ich bin darum nichts beffers werth,
Als mich für euer aller Leben
Zum Sühnungsopfer hinzugeben.

Ey! (hub der Fuchs hier schmeichelnd an)
Was Eure Majestät gethan,
Das schreyt noch nicht nach Rach und Blut!
Sie, gnädger Herr, sind allzugut!
Und was Sie sich zu Sünden machen
Gehört zu ganz erlaubten Sachen.
Den Tod von ein paar dummen Schaafen
Wird niemand wohl an Helden strafen.
Nach meinem wenigen Ermeffen
Kann, solch Canaillenzeug zu freffen,
Kein sonderlich Verbrechen seyn.
Der Schäfer geht mit oben ein,
Dem ja ganz recht geschehen ist,
Da er die Schaafe selber frißt.

Su sprach der Fuchs. Man gab ihm Recht.
Dom Tyger= Bär= und Luchsgeschlecht,

Die

Bis auf den kahlen Kettenhund,
Der, seiue Zähne sletschend, stund,
Ward alles höflich freygesprochen,
Und keiner hatte was verbrochen.

Den Esel traf nunmehr die Reih,
Bußfertig trat auch er herbey,
Und sprach: es fällt mir itzund ein,
Daß ich einsmal auf einem Rain,
Der einer Kirche zugehörte,
Mit ein paar Hand voll Gras mich nährte.
Der Teufel glaub ich, war im Spiel,
Daß mir dies Gras so wohlgefiel.
Es war nicht mein; drum hab ich dran
Wohl nicht so völlig recht gethan.
Oho! (schrien drauf die andern alle)
In welchem unerhörten Falle
Befindet dieser Sünder sich!
Dich, groben Kirchenräuber, dich
Muß man nach billigen Gesetzen
Der ganzen Welt zum Abscheu setzen.
Wie? Kirchengüter zu verzehren?
Was schrecklichers kann man nicht hören!
Du bist des Todes doppelt werth,

Und der sey dir sogleich gewährt!
Der Esel ward hierauf zerrissen.

Für Fehler muß der Schwache büßen;
Der Mächtige, dem Muth nicht fehlt,
Wird auch von Lastern losgezählt.

Der Fuchs, und der Habicht.

Ich möchte doch wohl von dir wissen,
(Hub einst, gedrungen vom Gewissen,
Der Fuchs zu einem Habicht an,)
Was dir das Taubenvolk gethan,
Daß du so oft auf sie ergrimmst,
Und sie zu deinem Raube nimmst?
Der Habicht sprach: kann dirs wohl sagen!
Man hat das Amt mir aufgetragen,
Auf Recht und Billigkeit zu sehn;
Als Richter jegliches Vergehn
Scharf zu bestrafen; ohne Schonen
Jedweden nach Verdienst zu löhnen.
Man muß den Tauben strenge seyn,
Sie fressen Weizen, Erbsen, Lein,
Und ließe man sie stets so walten,
Der Landmann würde nichts behalten,
Gut! (sprach der Fuchs) das Ding hat Schein!
Doch warum strafst du nicht den Weihn,
Und Geyer, Adler, Trappen, Raben,
Die so viel Korn zu Schande traben?
Die armen Tauben trift dein Mord,
Und jenen sagst du nicht ein Wort.

Die

Die find zu stark, (erwiedert ihm
Der Habicht,) voller Ungestüm
Würd ihre Wuth vereint mich beissen,
Und mich vielleicht in Stücken reissen,
Du strafst ja auch den armen Hasen,
Der auf dem allgemeinen Rasen
Sonst nichts als Gras und Kräuter ißt,
Und schonst des Wolfs, der Lämmer frißt!
Wir sind hierinn wohl gleiche Brüder;
Man schonet uns, wir schonen wieder,

Die

Die Republik der Spinnen.

Dem Spinnenvolke fiel es ein,
In Zukunft sicherer zu seyn,
Und nicht jedwedem zu vergönnen,
In ihrem Schloß herum zu rennen.
Sie wohnten eben dazumal
In einem großen wüsten Saal,
Durch dessen offne Fensterbogen
Stets Mücke, Schwalb, und Sperling flogen.
Wir wollen, (murreten die Spinnen)
Den Vortheil euch wohl abgewinnen;
Und zogen in die Läng und Queer
Viel Fäden vor den Fenstern her.
Doch Schwalb und Sperling kamen bald,
Und fuhren dreist, und mit Gewalt,
Durch diese leichten Spinneweben,
Und nur die Mücken blieben kleben.

✢ ✢ ✢

Fast so, wie diese Spinnennetze,
Sind oft im Staate die Gesetze.
Kein Mächtger wird darinn gefangen;
Nur blos der Schwache bleibt drinn hangen.

Der

Der Magister Legens.

Ein junger windiger Magister
Stand in der Einbildung, als wüßt er
Schon alle Weisheit. In dem Wahn
Schlug er am schwarzen Brett es an,
Daß er, vermöge seiner Würde,
Gleich andern, Stunden geben würde.
Er thats, und las. Allein wie heiß
Ward ihm dabey! der dicke Schweiß
Stand ihm vor Angst auf Stirn und Wangen,
Bis seine Stunde nun vergangen.
Da kam er athemlos heraus,
Und rief ganz aus sich selber aus:
Ey! Sapperlot! wir armen Hunde!
Was gehn viel Wort auf eine Stunde!
Nun ist mir alles ausgefahren,
Was ich gelernt in zwanzig Jahren!

Der

Der Hund, und der Wolf.

Mit Rechte wird der Staat verlacht,
Der zu treuherzig Frieden macht.
Wirf deinen Feind sogleich darnieder!
Gelegenheit kömmt selten wieder,

Vorm Gartenthore schlief ein Hund;
Dem naht sich in der Abendstund
Ein Wolf; erwischt ihn bey dem Beln,
Und sprach: du mußt mein Braten seyn!
Der Hund versetzt aus Angst beherzt:
Mein werthester Herr Wolf, ihr scherzt!
Wie könntet ihr euch so vergessen,
Und mich höchstmagern Schurken fressen?
Gedultet euch noch kurze Zeit!
Denn (unter uns) mein Herr, der freyt,
Und da werd ich mit andern Gästen
Gewißlich mich nicht wenig mästen.
Bin ich alsdann recht stark und feist:
So kommt hieher nur frey und dreist;
Ich werde gern mich euch ergeben,
Denn ich mag so nicht lange leben.

Der

Der Wolf glaubt diesen süßen Wort,
Und eilet zu dem Walde fort.
Nach einem guten Vierteljahr
Stellt er des Nachts sich wieder dar.
Der Hund war eben drinn im Haus.
Er rief ihm zu: Freund, komm heraus!
Und ist dein Wort bey dir in Ehren,
So komm, und laß dich nun verzehren;
Du weißt, daß du vor wenig Wochen
Mir solches auf die Hand versprochen.
Gleich komm ich! (sprach der Hund hierauf,)
Und stürzte sich mit wildem Lauf
Heraus auf seinen Feind; zerreißt
Voll Wuth sein Fell, und würgt, und beißt
So auf ihn los, daß in der Flucht
Der Wolf sehr eilig Rettung sucht.
Im Fliehen rief der Hund ihm nach:
Ich halte, was ich dir versprach!
Ich bin recht stark und fett geworden,
Um desto besser dich zu morden.

Der

Der bestellte Gruß.

Hans, ein Lakay, gieng von Berlin
Zu seiner Frau nach Steglitz hin.
Zween seiner Mitbediente sprachen:
Hans, du hast diese Nacht gut lachen!
Bestelle' doch auch unsern Gruß
An deine Frau mit einem Kuß;
Und uns zu Lieb erweis zweymal
Dich in der Nacht als Herr Gemahl.
Hans sagt es zu. Er kömmt zu Haus,
Und richtet alles treulich aus;
Die Küsse; drauf auch in der Nacht
Das andere, sehr gut gemacht!
Nach diesem Spiele schlief er ein;
Der Frau schien das nicht recht zu seyn,
Sie stieß bald drauf ihn wieder an,
Und sprach: hör doch mein lieber Mann,
Hast du denn nicht noch mehr Bekannte,
Als die dein Gruß mir eben nannte?
O ja, (sprach Hans vom Schlaf ganz schwer,)
Der sind in unserm Haus noch mehr;
Allein von keinem sonst hab ich
Mein Kind ein Compliment an dich.

G 5

Der

Der Esel, und der Hase.

———

Es wollten vor uralten Zeiten
Die Thiere mit den Vögeln streiten,
Sie musterten ihr Kriegesheer.
Ein alter und erfahrner Bär
Ward zu dem Feldzug General.
Als dieser in der Krieger Zahl
Den Hasen und den Esel sah;
Sprach er zum Löwen: diese da
Mag ich in der Armee nicht wissen;
Wir können sie gar wohl vermissen!
Sie würden uns doch nur entehren,
Drum laß sie sich zum Teufel scheeren!
Der Thiere weiser König sprach:
Herr General, etwas gemach!
So sehr sie ihren Zorn erhitzen,
So sehr kann ich sie beyde nützen!
Wir brauchen zum Courier den Hasen;
Der Esel soll zum Treffen blasen,
Den Feind mit seiner Stimm' erschrecken,
Und unsern Kriegern Muth erwecken.

Laßt

Laßt den Geringen auch nicht müßig,
Im Staat ist niemand überflüßig,
So schlecht er seyn mag von Natur;
Gebt ihm die rechte Stelle nur.

Die Schley in der Fremde.

———

Die Schley ward einst sehr ärgerlich,
Von allen andern Fischen sich
Mit solchem Stolz verschmäht zu sehn.
Ich muß nur in die Fremde gehn,
(Gedachte sie) da weiß es niemand,
Wie wenig Achtung ich allhie fand.
Sie schwamm drauf in des Meeres Schooß,
That gegen jeden Fisch sehr groß,
Und sprach da prahlend, ohne Scheu:
Ich bin der Herr Baron von Schley!
Was hat mein Vater nicht für Schlösser,
Und reiche Güter, im Gewässer!
Drum muß ichs euch, ihr Herrn, wohl lehren,
Mich nach Verdiensten zu verehren.
Dem hörte Dorsch und Schellfisch zu;
Ein schöner Edelmann bist du,
(Versetzten sie) von solchen Gaben,
Daß niemand dich verlangt zu haben.
Du siehst uns völlig darnach aus,
Als wollte dich kein Mensch zum Schmaus,

Wir

Wir sind der reichen Herren Essen;
Und dich mag kaum ein Schneider fressen.

✢ ✢ ✢

Die Herrn aus Welsch= und Frankenreich
Sind öfters dieser Schleye gleich.
Tritt wer die Reise zu uns an,
So wird er auch ein Edelmann.

Der

Der Löwe, und der Stier.

Wer in der Welt kein Frembling ist,
Entdeckt bald der Verräther List

    Der Löwe sprach zu einem Stier;
Erzeige doch die Ehre mir
Und komm auf diesen Abend her
Mit mir zu essen; ungefehr
Hat man mir heut 'ein Schaaf gebracht,
Das man für uns zurechte macht.
Der Stier versprachs, und fand sich ein;
Doch kaum trat er ins Haus hinein,
Und sah sich um; so lief er schon
Auch wieder fort. Hör doch, mein Sohn!
(Rief ihm der Löwe freundlich nach,)
Lauf doch nicht weg! Der andre sprach:
Ich traue deiner Küche nicht;
Kein Schaaf kömmt mir da zu Gesicht!
Doch seh ich drinn ein höllisch Feuer,
Und einen Spies, so ungeheuer,
Daß mirs gar leicht wird zu errathen;
Man will dran einen Ochsen braten.

Der

Die Fliege, und die Bienen.

Zu einem Bienenkorbe kam,
Da strenger Frost den Anfang nahm,
Mit bittern Klagen eine Fliege,
Und sprach: Ihr seht, wie krumm ich liege
Von Frost und Mangel; nehmt mich ein!
Ich will euch gerne nützlich seyn,
Mich euren Kindern ganz verpflichten,
Und in Musik sie unterrichten.
Der Bienen eine nahm das Wort,
Und sprach: an sehr unrechten Ort
Bist du mit deiner Kunst gerathen!
Was wir in jungen Jahren thaten,
Muß unsre Jugend wieder thun!
Sie darf nie müßig seyn, nie ruhn;
Und nichts sonst lassen wir sie lehren,
Als Honigmachen, uns zu nähren.
Bey Fleiß und bey Geschäftigkeit
Bleibt zur Musik uns keine Zeit.

In Hamburg hat ein Castrat,
(Der kläglich um Erlaubniß bat,

Nach

Nach hingebrachtem Schauspielleben
Im Singen Unterricht zu geben,)
Von einem weisen Oberalten
So was zur Antwort auch erhalten.

Der

Der Säufer, und seine Frau.

Wem Bachus das Gehirn begeistert,
Der wird von keiner Furcht bemeistert;
Und noch im Grabe würde Wein
Sein Wunsch bey dem Erwachen seyn.

Ein Säufer, welcher jeden Tag
Bis in die Nacht im Weinhaus lag,
Ward einstens um die Mitternacht
Ganz sinnenlos nach Haus gebracht.
Die Frau, die gern ihn bessern wollte,
Schloß ihn, daß er erschrecken sollte,
Im nahen Erbbegräbniß ein.
Sie selbst begab sich mit hinein,
Verlarvt, verkleidet, und verstellt,
Als wie ein Geist der Unterwelt.
So wie es gegen Morgen kam,
Und nun der Rausch den Abschied nahm;
Erwacht der Mann; sah wild umher.
Im Sarg? im Leichentuch? (dacht er,)
Bey einer Todtenlampe Schein?
Fürwahr! ich muß gestorben seyn!
Indem kam seine Frau gerannt
Mit einer Schüssel in der Hand.

Wer bift du? (fragte fie der Mann,)
Und fah fie mit Erftaunen an.
Ich bin (fprach fie,) die Schließerinn
Vom Höllenreich! und hier! nimm hin,
Das was ich dir zu effen bringe!
Was find es denn für fchöne Dinge?
(Verfetzt der Mann) Gut! dein Gericht
Verfchmäht ein leerer Magen nicht,
Obs gleich nach Schwefel fcheint zu ftinken:
Doch giebt man denn hier nichts zu trinken?

Sanct

Sanct Peter,
der Gott seyn wollte.

———

Sanct Peter gieng einst über Feld
Mit seinem Meister. Von der Welt
Und ihrer besseren Regierung,
Von aller Sachen weisern Führung,
Sprach er da viel und mancherley.
Zuletzt ward er so dreist und frey,
Daß er vor Ueberklugheit schwur:
Wär ich, wie du, Herr der Natur,
So sollte mirs ganz anders gehn,
Als wie man es bioher gesehn!
Laß Einen Tag mich Gott nur seyn,
Und Mensch und Vieh soll sich erfreun.

Sein Meister lächelte, und sprach:
Ich gebe deinen Wünschen nach,
Und trete dir die Herrschaft ab.
Da! nimm auf heute meinen Stab;

H 2   Regier

Regier die Welt, und gieb wohl Acht!
Dein Regiment daurt bis zur Nacht,
Dann will ichs wieder übernehmen;
Bis dahin laß ich dich bezähmen.

Sanct Peter nahm mit großen Freuden
Den Stab des Meisters: als sich beyden
Da eben itzt das Morgenroth
Den ersten Gruß der Erde bot,
Ein Weib bey einem Dorfe naht,
Die hart an eine Wiese trat,
Und, so wie es ihr Mann ihr hieß,
Da eine Ziege laufen ließ.
Sie sagte ziemlich laut für sich:
Lauf weiter, Gott behüte dich!
Hörst du? (fieng drauf der Heyland an)
Was sie für einen Wunsch gethan?
Du bist, so wie du mich gebeten,
Auf heut, an Gottes Statt getreten;
Drum hat dies Weib dir zu gebieten,
Und du mußt ihre Ziege hüten.
Thu also, was man dir bestimmt,
Und daß sie ja nicht Schaden nimmt!

Sanct

Sanct Petern kam dies ungelegen;

Allein hier half kein lang Erwegen.

Er mußte seiner Ziege nach,

Die itzo durchs Gesträuche brach;

Bald an dem Zaun ihr Futter nagt

Bald auf den Weidenbaum sich wagt;

Dies währte so den ganzen Tag,

Daß er für Hitz und Durst erlag.

Sie lief die Klippen auf und nieder,

Strich durch die Wälder hin, und wieder;

Durch Sumpf und Moor, durch Busch und Hecken,

Blieb öfters in den Dornen stecken,

Woraus Sanct Peter ganz im Schweiß

Sie mit viel Arbeit, Müh und Fleiß

Herausziehn mußte. Voller Zorn

Nahm er sie endlich bey dem Horn,

Und brachte sie der Frau zurück,

So wie der letzte Sonnenblick

Am Horizont verschwunden war.

Kaum ward er seines Herrn gewahr;

So rief er kraftlos, schwach, und matt:

Ich

Ich bin des Weltregierens satt!

Ich Thor! Wie? ich will der Natur,

Und all und jeder Kreatur,

Vom Menschen bis zum Vieh gebieten;

Und kann kaum eine Ziege hüten?

Nimm deinen Stab, Herr, wieder hin,

Ich will gern bleiben, wer ich bin!

Ende der Fabeln und Erzehlungen.

I. 39.

Vom Walde vnd einem Bawren.

Vor Zeiten als die Beume redten,
    Wie auch daselbs die Steine theten,
Ein Bawr gegangen kam in Waldt,
    Und grüßt die Beume mannigfalt,
Wat fie jm wolten geben felb 1)
    Zu feiner Art ein newes Helb, 2)
Da antworten die Beume, Ja,
    Euch dir felb eins hie oder da.
Da fand der Bawr ein äschen Holtz,
    Was zäh und grad gleich einem Boltz, 3)

H 4   Als

1) Daß fie ihm felber geben wollten.

2) Helb, Handhabe. *Schilteri* Glossar. p. 418. *Halp.*
   manubrium. — Vielleicht ist das Wort Hellebarthe
   auß Helb und Barthe (Beil) zusammengefetzt. Helb
   kömmt beym Waldis öfterer vor; als: B. III. Fab. 72.
   vom Holtzhauer: Sein Beil entfprang jm auß der Helb.

3) Gleich einem Pfeil.

Als ers het in die Art geschnitten,
    Zu maß mit Negeln hindernieten, 1)
Er hieb ab mit seiner Art bald
    All Beum nach einander im Waldt.
Da war den Beumen sämptlich leidt
    Ir begangene Leichtfertigkeit,
Daß sie dem Bawren sein Art gestellt,
    Das ers damit zu Boden gefellt.

Mancher ist, wenn jm gut geschicht,
    Vndankbar, wie man täglich sicht,
Ja braucht das gut auch wider den,
    Von dem es jm zu gut geschehn.
Mit vntrew wird die trew vergolten,
    Solch gesellen werden billich gescholten
Vor ehrloß vnd trewlose Buben,
    Wenn sie eins frommen mans behufen, 2)
Redens freundtlich; er vnuerdrossen
    Hilfft jn; wenn sie sein han genossen,
Mit vntrew thun jms wieder zalen.
    Den wolt ich wünschen allzumalen,

                       Die

1) Itzt sagt man gemeiniglich nieten, oder vernieten,
d. i. den Nagel durchs Umschlagen der Spitze befe-
stigen.

2) Bedürfen.

Die sich mit solchen stücken neren,
Daß am Galgen ersticket wären.

I. 55.

Von einem Trummeter.

Begab sichs einst in einem Krieg,
Das sterckest theil behielt den Sieg;
Da ward gefangen ein Trummeter,
Der hieß mit seinem Namen Peter,
Vnd von den Feinden hart geschlagen;
Er sprach zu jnen, laßt euch sagen,
Und habt mitleiden mit mir armen,
Meiner vnschuld laßt euch erbarmen,
Bin in kein Harnisch nie geschlaffen,
Jr find bey mir noch wehr, noch waffen,
Denn allein diese klein Trummeten,
Drumb wöllet nur mein leben retten,
Ich hab euwr keinen nie geschlagen,
Oder zu euch je kein haß getragen,
Wenn ich auch gwolt, hett ich doch nit
Jr keinem schaden thun hiemit,

Sie schlugen auff jn nach der schwer, 1)
 Sprachen, du kommest jetzt recht her,
Billich solt leiden jetzt dein todt,
 Denn du erwecket hast groß not,
Dieweil du sagst, hast keinen geschlagen,
 Kein Harnisch oder wehr getragen,
Doch thust mehr schad mit einer Trummeten,
 Denn sonst vier ander kriegsleut theten,
Damit beherhzet machst den Hauffen,
 Daß sie dest mutiger anlauffen.

Hie in diesem Apologo
 Werden wir schon berichtet do,
Wie gröblich daß die sündigen,
 Die den Fürsten verkündigen,
Bößlich beklagen die Vnderfassen, 2)
 Die Herren vnderrichten dermassen
Vermanens 3) irs Fürstlichen gemüts
 Irs stamms vnd adelichen geblüts,
Jnen ein süß Placebo singen,
 Das in jr ohren thut erklingen,

Spre-

1) Aus allen Kräften.
2) Unterthanen.
3) Erinnern sie an ihr fürstliches Gemüth, u. s. f.

Sprechen, warumb wolt' er das leiden?

    Weil jrs on schaden wol thut meiden.

Jr seyt so wol ein Fürst als der,

    Von dem euch kompt der schade her,

Die Vnderfaffen, vnd gantzes Land

    Habt jr gewaltiglich in euwr Hand.

Ich wolt ein stücklein je beweisen, 1)

    Man muß mich für ein Fürsten preisen.

Machen also die Fürsten mutig,

    Bis daß viel schwerter werden blutig.

Wenn denn die sach zu letst in Graben

    Geführt, 2) wils niemand than haben,

Wenn sie das muß denn gar verschütt,

    All Policeyen gar zerrütt,

Und daß Hans krafft vnd Bruder Velt

    Dürfftig vnd bloß im Lande leit, 3)

Vnd ist die sache niergend gantz,

    Denn hangen solche gsellen den schwantz,

                                              Vnd

1) Ich wolt' ein Exempel an ihnen auffstellen, sie anders
   behandeln.

2) Eine Sache in Graben führen, heißt, sie verschlim-
   mern, in Unordnung bringen. Es scheint von einem
   Wagen hergenommen, und mit der noch gewöhnlichen
   sprüchwörtlichen Redensart, den Karren in den Koth
   ziehen, einerley zu seyn.

3) Leie, liegt.

Vnd ruffen Friederichen 1) an.

Das solt ein Fürst in achtung han,
Machen mit solchen gsellen erst fried,
So theten sies hinforter nit.

I. 70.
Von der Ameyssen.

In Sommers Hitz bey warmer Sonnen
Ein Ameyß kam zum külen Brunnen,
Der lag dort vnder einer äschen,
Irn vbergrossen Durst zu leschen.
Wie sichs bucket, fiels nach der schwer
In Brunnen da; on als gefehr
Saß auff demselben Baum ein taub,
Die nistet droben in dem Laub,
Mit jren Füssen sie da fast,
Vnd bricht vom selben Baum ein Ast,
Der fiel hinab in Brunnen bald,
Darauff die Ameyß sucht enthalt, 2)
Sie kroch herauß, behielt das leben.
In dem sichs weiter thet begeben,

1) Vermuthlich Kayser Friedrich IV.
2) Sich zu halten vnd zu retten sucht.

Ein Vogler kam, stellt nach der Tauben,
    Daß er im Waldt möcht Vögel rauben,
Mit fleiß trachtet der Tauben nach
    Mit stricken an dem Baume hoch.
Die Ameyß ward desselben gwar,
    In schuch kroch sie dem Vogler dar,
Biß jn, daß er den Schuch außzohe,
    In dem die Taub von dannen flöhe.

———

Es lehrt vns diese Ameyß klein,
    Daß wir all sollen dankbar sein
Denen, die vns han guts gethan,
    Das gut nicht vnuergolten lahn,
Vnd wers nicht thun kan mit der that,
    Ist gnug, daß er den willen hat.

I. 76.

Vom alten Weib, vnd jren Mägden.

———

Ein altes Weib die het viel Megd,
    Die sie sters zu der arbeit regt,

Die

126

Des Nachtes vmb den Hanenkrat 1)

   Musten sie all auffstehn drat, 2)

Ein stund drey oder vier vor tag,

   Wenn sonst ein jeder ruhe pflag,

Daßelb verdroß die faulen Secke,

   Daß man sie so fru aufweckte,

Warff die schuld auff den Haußhan,

   Sprach, als vnglück gehe jn an.

Es tagt dem Schelmen allzeit früh,

   Drumb muß man sehen wie man thů.

In dem die Frau zur kirchen gieng,

   Die jüngste Magd den Haußhan fieng,

Die ander nam den armen tropff,

   Vnd haw jm ab da seinen kopff,

Ist gut, daß wir dich mbgen fellen,

   Du wirst nicht mehr den Seiger stellen,

Daß man vns wecke, wie man pflag,

   Hinfort schlaffen wir biß mittag.

                      Halff

1) Um die Zeit des Hahnengeschreyes. Krat für Ge-
krähe. Sonst auch Kreye oder Gekrey.

2) Drat, sogleich, alsbald. Im Heldenbuche kömmt
in dieser Bedeutung mehrmals das Wort getrabe
vor. Im Niedersächsischen sagt man noch so dra,
und im Holländischen, so drade, für, so schnell —.
Wachter leitet es von rad, geschwinde, und Frisch,
fast noch gezwungner, von treten her. S. auch
Schilt. Glossar. p. 237.

Halff aber nicht ir listig trug,

    Die Fraw war jnen viel zu klug,

Als sie sah daß der Haußhan war

    Hinweg, vnd auch vollkommen gar

Ein ander list sie bald erdacht,

    Weckt die mägd bald vmb Mitternacht,

Gedacht, ich wil euch das wol machen,

    Daß ir des schertz nicht mehr solt lachen.

———

Mancher entlaufft eim kleinen schaden,

    Vnd thut ein grössern auff sich laden,

Dem Regen offt entlauffen thut,

    Vnd sencket sich ins wassers flut.

II. 8.
Vom Jäger, und Löwen.

———

Ohngefehr in einer Wildtnuß kamen

    Ein Jäger vnd ein Löw zusamen,

Auff einen weg wolten sie wandern,

    Gundten 1) zu reden mit einander,

                   Ein

1) Begunten, fiengen an

Ein jeder rhůmpt sich seiner krafft,

    Seiner männlichen that vnd Ritterschafft,

Da sprach der Löw, fůrwar glaub mir,

    Ich bin das allersterckest Thier,

Auch vnder allen Menschenkindt

    An sterck nit meinen gleichen findt,

Welchs man dabey wol mercken kan,

    Im streit zieht jr ein Pantzer an,

In ewren Harnisch kempt daher,

    So stehe ich bloß, on alle Wehr,

Verlaß mich auff mein scharffe tatzen,

    Wehr mich mit reissen, beissen, kratzen,

Dabey gar wol ist zu ermercken,

    Bey wem man findt am meisten sterck.

Da sprach der Jäger, komm mit mir,

    Das widerspiel wil zeigen dir,

Vnd führt jn hin zu einer wandt,

    Da er ein schön Gemälde fandt,

Welches gnommen war auß heiliger Schrifft,

    Wie Samson einen Löwen trifft,

Am Wege bey der Stadt Tymnath,

    Vnd doch kein Wehr 1) da bey jm hat,

Zerriß dennoch den Löwen gar,

    Wie das Gemäld anzeiget klar,

1) Für Gewehr.

Vnd sprach zum Löwen, da magstu sehen,
  Daß solchs wol offtmals sey geschehen.
Er sprach, das hat ein Mensch gemacht,
  Vnd auß seim eignen Kopff bedacht,
Nach seim gefalln hat ers gemalt,
  Vnder dem Menschen deß Löwen gstalt.
Wenn die Löwen auch malen kündten,
  Vnd sich auff solche Kunst verstünden,
Da fündt sich wol das widerspiel,
  Denn ich weiß, daß der Menschen viel
Offt von den Löwen sind zerrissen,
  Vnd von den Thieren zu tod gebissen.

In Gerichtshendeln gemeinlich gschicht,
  Daß einer sein eigen sach verficht,
Vnd bringt erfür mit wort vnd that
  Alls was er je gelehrnet hat,
Muß im all seine sache zieren,
  Sollt ers auch bey den Haarn zuführen.
Menschlich Natur ist gar verirrt,
  Daß sie sich allezeit verführt,
Ir eigen thun so hoch aufmutzt,
  Mit glehrten Worten schmückt vnd butzt.

Zachariä III. Theil.   J   Vnd

Vnd jr fürs beſt gefallen thut,
    Vnangeſehen obs böß ober gut,
Den ghrechen 1) han wir allzumal,
    Vnzehlich iſt ber narren Zal.

II. 28.

Von der Tannen vnd dem Körbs. *)

————

Es war ein Tann erwachſſen hoch,
    Dabey ein Körbs ſich auch auffzoch,
Vnd flocht ſich vmb des Baumes aſt,
    Dieſelben mit der zeit vmbfaſt,
Bekleidt alſo den ganzen Baum,
    Daß man die Tann kundt ſehen kaum,
Mit vielen Reben vmbefangen,
    Mit fleſchen 1) vnd mit blettern bhangen.
Da begundt der Körbs dieſelben Tannen
    Mit höhnſchen Worten an zu zannen,

                    Vnd

1) Den Fehler.
*) Kürbis.
1) Flaſchen braucht man im Niederſächſiſchen noch für
   Kü.biſe.
2) Anzannen, ſen Zabs, die Zähne blecken, einen
   anfahren. Auch das einfache Wort Zannen wird ſo
   gebraucht.

Vnd sprach, sieh an mein fruchtbarkeit,
   Wie ich so gar in kurtzer zeit
Erwachsen aus eim kleinen kern,
   Daß mich die leut anschauwen gern,
Mein bletter vnd mein grosse frucht;
   Du hast noch nie so viel getaugt a)
In alle deinem gantzen leben,
   Daß du hettst einen Apffel geben.
Da sprach die Tann, ir jungen Laffen,
   Schweigt, last euch von den Alten straffen,
Du hast noch nie kein bösen Mann
   Recht vnder augen gsehen an,
Dennoch dein Thorheit bricht herfür,
   All deine sterk hast du von mir.
Wenn ich ein tritt würd von dir gehn,
   Kanst nit auff deinen Füssen stehn.
Ich bin allhie, glaub mir fürwar,
   Gestanden so gar manches Jar,
Gar manchen Winter abgelebt,
   Den starken stürmen widerstrebt,
Wiewol sie mich offt hart getrieben,
   Bin dennoch fest bestendig blieben.
Du arme schwache Creatur,
   Bald mach ich dir dein Leben saur.

J 2

Wenn

a) Getaugt. Das alte Zeitwort ist, tugen.

Wenn ich dir meine Hülff entziehe,
  Vnd von dir einen fußbreit fliehe,
So fellst gestrecket an die Erdt,
  Dein krafft ist nicht ein hellers werth,
Vnd wenn dich trifft ein kleiner Reiffen,
  Bald zeuchstu in den Sack die Pfeiffen, 4)
Denn ist dein freude hin entschlichen,
  Dein bletter dürr vnd gar verblichen,
Denn ich hab mich an dir gerochen,
  Vergebens ist dein troz vnd pochen.

Die hoffart ist ein grosse sünd,
  Vnd sonderlich wenn man sie findt
Bey armen vnvermögnen leuten,
  Wenn sie wölln wider dstarken streiten.
Ein weites maul hat gnug zu schaffen,
  Wenns widern Backofen will gaffen. 5)
Eins arm manns zorn vnd vbermut
  Im selb den grösten schaden thut.

II. 36.

4) Die Pfeiffen einziehen, ist eine noch gengbare
sprüchwörtliche Redensart, für: nachgeben, den
Muth sinken lassen.
5) d. i. wenn sichs so weit aufthun will, wie ein Backofen. Vermuthlich war auch dieß ein Sprüchwort.

II. 36.

Von einem Bauren.

———

Es wolt ein Bauwr vber ein Bach
   Wandern, daselb sich weit vmbfach,
Ob er nit finden mbcht ein steg,
   Den hett das Wasser gführt hinweg.
Eilend thet er sein Schuch aufflosen,
     Und thet abziehen seine Hosen, 1)
Wolt waten durch denselben fluß,
   Vnd sprach, fürwar ich nüber muß,
An diesem end einsetzen will,
   Da ist das Wasser fromb vnd still.
Er setzt ein da es nicht fast lieff,
   Befand daß es war sehre tieff,
Da versucht ers am andern end,
   Da rauscht das Wasser schnell behend,
Vnd war nit tieffer denn zum knie.
   Da sprach der Bauwr, nun merk ich je,
Sichrer ists sich zu begeben
   In rauschend wasser, die feindtlich leben,

J 3   Denn

———

1) Hosen hießen ehedem alle Bekleidungen der Beine
   (chaussure) Strümpfe oder Stieseln.

Denn in den ſtillen tiefen pfülen,
  Da man nit bald den Grund kan fülen.

———

Die feindtlich toben, trotzen, wüten,
  Für den hat man ſich wol zu hüten.
Die Schmeichler, ſo ſich freundtlich ſtellen,
  (Hüt dich) das ſein die rechten gſellen.
Die Kühw die ſo gar feindtlich bblicken,
  Von den thut man beſt mehr nit melden.
Die groſſen Brcher ſchlagen nicht,
  Bellende Hund beiſen auch nicht,
Schedlicher ſind ſtillbeiſſig Hunde,
  Still waſſer haben tieffe grunde.

II. 59.

Vom Krametvogel vnd der Schwalben.

———

Der Krametvogel rühmt ſich ſehr,
  Vnd rechnets im zu groſſer Ehr,
Wie er kuntſchafft vnd Wohnung halben
  Freuntlich ſchwetzet mit der ſchwalben,

Welch

Welch im heit globt vnd zugesagt,
    So ferrn ims gliebt vnd selber behagt,
Vnd daß ers auch anseh fürs best,
    Solt bey im wohnen in jrm Nest.
Sein Mutter sprach, du toller Thor,
    Wie nimbstus jetzt so nerrisch vor,
Weyßt selber nicht wie sichs mit dir helt,
    Du bist erzogen in der kelt,
Wohnst auff grünen Wechholderstrauch,
    So sitzt die Schwalb im warmen Rauch,
Du aber kaust kein Hitz erleiden,
    Drum werd jr euch bald müssen scheiden.

— — —

Du solt mit dem nit Freundtschaft machen
    In geringen noch in grossen sachen,
Auch solt dich nicht zu im gesellen,
    Deß sitten vnd leben von dir stellen 1)
Darum mach dich nur dem gemein,
    Deß sinn mit dir stimbt vberein,
Gelehrt bey Glehrt vnd Reich bey Reich,
    Denn gleiche Ochssen ziehen gleich.

J 4   II. 61.

1) Von dir verschieden find.

II. 61.

Vom reichen Mann, vnd seinem Knecht.

Es hett ein reicher Mann ein Knecht,
    Der war einfeltig vnd ganz schlecht,
In allen sachen gar vnendig 1)
    Vnd außzurichten vnverstendig,
Derhalb sein Herr war ungeschlömig, 2)
    Nennt in allzeit ein Narren könig,
Mit solchem, gspört in offt anfacht, 3)
    Zuletst er auch bey jm bedacht,
Mein Herr thut mich ein Narren schelten,
    Ich muß jms zwar einst widergelten.
Wie er in offt also anzant, 4)
    Der Knecht auch wider ihn ermant, 5)

                   Vnd

1) Enbig ist so viel, als schnell, gewandt; vnenbig also, langsam, vnbehülflich. Von der Ableitung sehe man Herrn Adelungs Wörterbuch, Th. I. S. 1664.

2) Ungeschlömig muß dem Zusammenhang zufolge, so viel als vnwillig seyn.

3) Zum Zorn reizt, in Hitze bringt.

4) S. oben, II. 28. n. 2.

5) Ist sagt man, sich ermannen; für, sich entrüsten, sich zur Wehr setzen.

Vnd sprach, (wolt Gott) mein lieber Herr,
   Daß ich der Narren König wer,
So wer auff Erd kein Königreich
   An weit vnd größ dem meinen gleich,
Jr müst auch selb sein Vnderthan,
   Vnd mich zu einem Herren han.

Offt kompts daß einr den andern strafft,
   Ist mit denselben fehl behafft.
Nichts bessers, daß man sich erst zew, 6)
   Vnd selber bey der Nasen nem,
So darff man jm nit werffen für,
   Vnd sprechen, ker für deiner Thür.
Denn mancher ist also verrucht,
   Ein andern in der Kappen 7) sucht,
Vnd helt jn für ein rechten Thoren,
   Steckt selber drinn bis vber die Ohren.

II. 75.

Vom Bischoff vnd einem Lotterbuben.

Zum Bischoff kam ein Lotterbub,
   Sein Bengel gegen jm auffhub,

J 5   Vnd

6) Sich im Zaum halte; oder, sich selbst präse vnd strase
7) In der Narrenkappe.

Vnb hat in daß er im da bar
    Ein gůlden geb' zum neuwen Jar.
Der Bischoff war ein karger Mann,
    Den Freyhart 1) sah er scheußlich an,
Sprach, bist unsinnig, hab den Ritten, 2)
    Darffst vmb ein gůlden neuw Jar bitten?
Der Bub sprach, schont, gnediger Herr,
    Ob denn ein gůld zu viele wer,
Gebt ein Batzen, ich nem jn an,
    Daß. jr ein gut neuw Jar mußt han.
Er sprach, du bittest ja zu viel;
    Er sprach, ein kleines nemmen will,
Daß ich mag haben euwre gnad,
    Zuletst jn vmb ein Pfenning bat,
Denselben er im auch nicht gab;
    Er sprach, daß ich dennoch was hab,

                          Von

1) Freyhart scheint aus frey und Herz zusammengesetzt
zu seyn, und einen Menschen zu bezeichnen, den die
Franzosen libertin nennen. Eben diese Bedeutung
hat hier das Wort Lotterbube.

2) Der Ritten oder Rütten ist im alten Teutschen so
viel, als das Fieber. Hab d'n Ritten scheint hier
eben der sprüchwörtliche Fluch zu seyn, der sonst so
ausgedrückt würde: Der Gähritten geh dich an!
(S Agrikola's Sprüchw. 172) Gährritten, von
gäh, schnell, ist ein ansteckendes Fieber, das dem Leben schnell ein Ende macht.

Von euwern gnaden beger sonst nit,
    Dean theilt ' mir euwern Segen mit.
Er sprach, knie nieder, lieber Son,
    Daß bu denselben magst empfahu.
Da sprach der Bub, behalt euwern Segen,
    Jr sbrssc in zwar auff mich nicht legen.
Ja, wenn er wer eins Pfennings wehrt,
    Würd er mir nicht von euch beschert.

— —

Die Fabel thut gar weidlich straffen
    Die geistlich Bischoff, Mbnch vnd Pfaffen,
Die wol solten vmb ein Carlin
    All geistlich Güter geben hin;
Daß sie ein gülden mögen retten,
    Dbrssen all Sacrament verwetten,
Welchs jetzund in gar kurtzen Jarn,
    Teutschland mit schaden hat erfahrn,
Wie sie uns mit dem Bann gefatzt, 3)
    Mit dem Ablaß alls zu sich kratzt,
Mit irer triegerey geschunden,
    Da wirs auch schwerlich han verwunden. 4)
                      Gott

3) Sagen, verspotten, einen zum besten haben. S. Frisch und Adelung.
4) Verschmerzt, von verwinden.

Gott sey gelobet daß wir han
  Die Augen jetzt recht aufgethan,
Allein auf Christum uns verlassen,
  Den Bapst und Bischoff fahren lassen.
Für mein Person hab michs erwegen, s)
  Für Gelt kauff ich nit jren Segen.
Jrn Ablaß wil vmsonst nicht han,
  So schadt mir nicht jr greawlich Bann,
Schadt nicht, daß sie mich darumb hassen,
  Wenn ich mich kan auff Gott verlassen.

II. 81.

Vom Wachß.

———

Das Wachß erseufftzet einst vnd sprach
  Ach daß mir je so leid geschach,
Ich bin meins lebens vberdrüssig,
  Daß ich so weich, schmeydig vnd flüssig,
Muß leiden, daß man mich zustückt,
  Vnd alles was man in mich drückt,
Vnd thu doch jedem wol behagen,
  Von vielen Beyn 1) zusamen tragen.

Wil

s) Hab' ich mirs vorgenommen.
1) Beyn, sonst Byn, Bienen.

Wil schaffen, daß ich auch hart werd,
  Es werden doch von weicher Erd
Die Ziegelstein, vnd hart gebacken
  Im heissen Ofen, wie die Wacken a)
Ich wil mich auch in solcher massen
  Im heissen Ofen herten lassen,
Daß ich mag weren tausent Jar,
  Da es nein kam, verschmalz es gar,

———

Ein Ding ist fehrlich anzuheben, 2)
  Wo die Natur thut widerstreben,
Mancher, dem sein standt nit behagt,
  Vnd sich in einen andern wagt,
Wenn er meint, daß ers wol hat troffen,
  Betreugt jn doch sein eigen hoffen,
Vnd wird auch in demselben treg, 4)
  Daß ers zuletzt gern besser seh.

III. 124

a) Wacken scheint hier für Wecken, Weizenbrodte
  gebraucht zu seyn. Sonst sind auch Wacken, Kie-
  selsteine. Auch diese Bedeutung fände hier Statt.
3) Es ist gefährlich, etwas zu unternehmen.
4) Wird desselben überdrüssig.

III. 12.

Vom Fuchß vnd Hasen.

———

Der Fuchß ward gjagt von einem Hund,
　Daß er im nit entlauffen kundt,
Wie er das spiel verloren sach,
　Kehrt sich vmb, vnd zum Hunde sprach,
Was ists, daß mich so embsig jagst,
　Vnd mit verfolgung feindtlich plagst,
Weil doch mein fleisch ist gar vnäß, 1)
　Es ist kein Bauwr so grob, ders freß.
Dein lust lieber am Hasen büß,
　Deß fleisch ist auß dermaßen süß,
Der da leit 2) in der kleinen Hecken,
　Thut baß denn alle wildpret schmecken,
Der Hund verließ von stund den Fuchß,
　Kehrt sich umb nach dem Hasen fluchß,
Das höret der Haß, und lieff dauon,
　Daß er dem Hunde kaum entran.
Er kam zum Fuchß, vnd sah gar sauwr,
　Schalt in ein vntreuwen Nachbauwr,

Daß

1) Vneßbar.
2) Liegt.

Daß er in so verrathen hett,
   Er sprach, ich hab dein bests geredt,
Vnd wirt mit vndanck mir vergolten,
   Wie denn, wenn ich dich hett gescholten,
So solstu mich gar schäl angienen, 1)
   Es ist kein Dank mehr zu verdienen.

———

Viel Leut haben solch füchssisch gmůt,
   Daß sie wol vnderm schein der gůt,
Wenn sie ein auch aufs höchste preisen,
   Ein füchssisch schelmenstück beweisen.

III. 30.

Vom Apollo vnd einem Buben.

———

Den Apollo die Heyden fragten,
   Den 1) er zukünfftig dinge sagte.
Dasselb im jedermann zutrauwt,
   Zu Delphis war ein Tempel bauwt,
Da kam ein böser Bub verflucht.
   Denselben weisen Gott versucht

                  Mit

3) Scheel ansehen. Gienen ist mit gähnen einerley.
  S. Frisch und Adelung.
1) Denen.

Mit einem Sperling, den er hett,
  Under'm Mantel verborgen thet,
Hie hab ich etwas , sprach zum Gott,
  Sag an, lebts oder ist es todt?
Dacht, wenn er spricht, daß es wirt leben,
  So will ich jm ein brücklin geben;
Spricht er, es sey im blut ersoffen,
  So kan ich jn doch Lügen straffen.
Apollo merkt sein Hertzen gir, 2)
  Und sprach, sein leben steht bey dir,
So du jn tödtest, maß ers han,
  Oder magst jn lebend fliegen lan.

———

Die Fabel solche meinung hat,
  Daß man nicht schertzen soll mit Gott,
Es ist böß, wider jn zu kriegen,
  Darumb laß ab, du wirst nicht siegen.

III 60.
Von einem Maul.

———

Als ein Maul 1) ward frisch vnd wol gmäst,
  Ward stolz, und sich viel duncken läst,

                        Und

2) Die Begierde, den Vorsatz seines Herrens.
1) Ein Maulthier.

Vnd sprach, mein Vater war ein Roß,
    Lieff sehr, vnd ward an Tugent groß,
Warumb solt mich nit vnderstahn,
    In gleichen ehren halten lahn?
Gieng zum Pferden, rieff in hauffen, a)
    Wil mit eim in die wette lauffen,
Da wards im lauffen faul vnd treg,
    Blieb liegen wol auff halben weg,
Sprach, mich betreugt mein eigensinn,
    Ich sihe, daß ich ein Esel bin.

———

Wer da wil wissen, wer er sey,
    Frag seine Nachbawrn zwen oder drey,
Vnd meß sich mit sein eygnen Füssen,
    So thut er selb den kützel büssen.

III. 66.

Von einer Löwwin vnd dem Fuchß.

———

Die Löwin ward allzeit belacht
    Vom Fuchs, vnd nur darumb veracht,
Daß so offt sie gebären thet,
    Nit mehr denn nur ein junges hett,

                  Sie

a) Rief sie auf einen Haufen zusammen.

Zacharia III. Theil   K

Sie sprach, es ist wahr, aber gar schon,
Vnd ist dazu eins Löwen Son.

———

Was kleine ist, vnd doch gantz gut,
Mir baß, denns hoch, behagen thut.
Ich nem ein kleine Muscatnuß
Für eine grosse Rüben süß.
Man pflegt zu sagen, groß vnd faul;
Ich sah mein tag kein schlimmern Gaul.

III. 79.
Von zweyen Maulwerffen.

———

Von Art seyn alle Maulwerff blind,
Kein sehenden man nimmer find.
Zwen lagen zsamen in der Erden,
Da sie ernehrt vnd geboren werden;
Zu seinem Vatter sprach der klein,
Lieber, was mag das neuwes sein?
Ich riech ein starken gschmack vom broten, 1)
Und vom fleisch als obs wer gesoten.
Nit lang darnach sprach abermal,
Sieh doch, was ich dir zeigen sol,

1) Braten.

Ein hohen Ofen wol durchhitzt,

    Vnd wie das feuwr fast vmbher blitzt.

Bald vber eine weil nit lang

    Sprach er, ich hör ein hellen klang

Von Hämmern auff ein Anboß schlagen,

    Was wunders wirt sich nun zutragen?

Deß lacht der alt, sprach, liebes kind,

    Ich halt, du bist nit allein blind,

Du hast die Nasen vnd die Ohrn

    (Wie mich dunckt) zum Gesicht verlorn.

Es ist mancher so gar rhumretig,

    Sich selb zu preisen wunderthetig,

Fehret oben auß, sich nirgn anstößt,

    Doch sich zu mehrmaln selber tröst,

Wenn er groß von jm selber gicht, a)

    Sich offt in seiner red verspricht,

Vnd wird im kleinen lügen strafft,

    Da er sich grosses lobs verhofft.

Wer sich liegens wil vnderstahn,

    Der muß ein frisch gedechtniß han,

K 2   III. 88.

a) D. i. redet, ein Bekenntniß ablegt. Siehe von dem
alten giban oder gehan, weraus hernach jahen, pro-
fiteri, entstand.

III. 88.
Vom lügenhafften Jüngling.

———

Sich zu versuchen ein junger Knab
 Weit hin in frembde Land begab,
Daß er viel sehe, hört mancherley,
 War auß vngfehr ein Jar, zwey, drey,
Als er nun wieder heim hin kam,
 Sein Vatter jn einst mit jm nam,
Daß er gesellschafft hett vnd kurtzweil, 1)
 Zu einer Statt vber zwo meil.
Da schwatzten sie von mancher handen; 2)
 Der Vatter fragt, was er in landen
Von wunder gsehn vnd seltzam Thier.
 Er sprach, Vatter, nun glaubet mir,
Am Meer zu Lissibon im Sundt
 Sahe ich so gar ein grossen Hundt,
Der ward geschetzt viel tausent wehrt,
 Vnd war viel grösser, denn ein Pferdt,
Der Vatter gundt die lügen mercken, 3)
 Sprach, hab bey allen gschaffen wercken

Deß

---

1) Zeitvertreib.
2) Von allerhand, mancherley.
3) Fieng an, die Lüge zu mercken.

Deßgleich nit gsehn, gehört, noch glesen;

    Es ist ein grosser Hundt gewesen.

Doch findt man gar viel seltzam stücken,

    Gleich wie davor uns ist ein Brücken,

Wer deß tags hat ein lüg gelogen,

    Und kompt daselb hinüber zogen,

Sey selbander oder allein,

    Mitten auff der Brücken bricht ein Beyn.

Der Knab erschrack, wolt doch nit gern

    Ein Lügner sein, der ehr entbern, 4)

Begab sichs vber ein ebne well,

    Sprach, Vatter, wöllet nit so eiln,

Sagt mir auch etwan seltzam schwenck.

    Er sprach, des Hundts ich noch gedenck,

Der ist gewesen one moß. 5)

    Er sprach, er war nit also groß;

Wenn ich die wahrheit sagen sol,

    Wie sonst ein Esel war er wol.]

Da gunten sie der Brücken nahen,

    Er sprach, ich kan mich nit entschlahen

Der gdancken dieses Hundes halb,

    Sprach, er war wie ein jährig Kalb.

        K 3   Sie

---

4) Seine Ehre verlieren.

5) Ohne Maaß, unermeßlich groß.

Sie giengen fort bis vmb Mittag,
   Vnd das die Brück da für jm lag.
Der Knab sprach, wolt euch nit bekümmer,
   Ich kann euch zwar verhalten nimmer,
Den schwanck, den ich euch vom Hundt sagt,
   Damit jr mich nicht weiter fragt,
Er war gleich wie ein ander Hundt,
   Denn 6) daß er vmb vnd vmb war bunt,
Vnd scheckicht vber seinen rucken.
   Er sprach, so ist auch diese Brucken
Gar nit schädlicher denn die andern,
   Magst wol vnbschedigt drüber wandern.
Allein hüt dich ein andermal,
   Wenn du wilt lügen, bdenk dich wol,
Daß du also gar krumb nicht drißt, 7)
   Daß du es auch zu sibern 8) weißt.

———

Wer sich auff singen sol begeben,
   Der muß nit all zu hoch anheben,

                           Daß

6) Wasser.
7) Drebest.
8) Frisch führt eine Bedeutung des Worts sibern an,
da es so viel heißt, als mehr dazu thun, als man geredt, superdicere. Sonach wäre hier der Sinn: daß
du es auch beweisen könnest.

Daß ers auch kan zum end außschreien,
Also wems lügen will gedeien,
Der muß nit nauff in d'Wolcken treiben,
Hie niden bey der Erden bleiben.
Sonst gehts im wie dem Edelman,
Der nam sich grosser lügen an,
Zeugt mit 9) sein knecht, der bey jm war,
Ders jm verjahet 10) gantz vnd gar,
Damit der Juncker blieb bey ehren.
Als er nun thet die Lüg vermehren,
Vnd log von Lüfften vnd den Winden,
Drauff kundt der knecht kein antwort finden,
Vnd sprach zum Junckern, nit also,
Wolt jr euwrs lügens werden fro,
So bleibt hie niden bey der Erden,
Auf daß euch mbg geholffen werden.
Denn wenn jrs all zu grob wolt spinnen,
Werdt jrs zuletzt nit fedmen 11) können.

K 4   III. 92.

9) Nef nit zum Zeugen.

10) Verjahen ist hier so viel als bejahen, bekräftigen.

11) Fedmen heißt was noch itzt im Niedersächsischen:
den Faden in die Nadel stecken.

III. 92.
Wie ein Seuwhirt zum Abt wird.

Vor zeiten da der geitz hub an,
  Den sieg gewan, das Land einnam,
Da fliß 1) sich bald die gantze Welt
  Zu trachten nach dem Geitz und Gelt,
Mit diebstal, raub, wucher, finantz, 2)
  Drauff flissen sie sich gar vnd gantz,
Zucht und all erbarkeit vergassen,
  Niemand thet sich der Kunst anmassen,
Wer nit mitbracht groß gelt vnd gut,
  Den fließ man auß, wie man noch thut.
Ja, wenn Homerus selber kem,
  Vnd all sein Musas mit jm nem,
Vnd brecht kein Gelt, noch gut, noch hab,
  Man jagt jn aus, vnd blieb schabab. 3)
Denn wir auch von den Alten lesen,
  Daß viel gelehrter Leut gewesen,

Da

1) Für, befliß.

2) Finantz bedeutet hier Ränke, List, um sich zu bereichern. Man sehe darüber Hrn. Adelung, unter diesem Artikel.

3) Schabab, von abschaben, heißt so viel, als hintangesetzt, verworfen, und kömmt in alten deutschen Gedichten sehr häufig vor.

Da Kunst noch mehr denn jetzt thet walten,

　　Noch wurden etlich vbel gehalten.

Da sagt man von eim glehrten Gsellen,

　　Der thet nach Künsten fleissig stellen, 4)

Vnd sich denselben gar ergab,

　　Daß er verzert sein gut vnd hab,

Biß er zu letsten gar erarmt,

　　Doch fand niemand dens hett erbarmt,

Der jm sochs thet mit hülff vergüten,

　　Biß er zuletst der Sew must hüten.

Da war ein Fürst in selben Land,

　　Dem stieß ein vnfall an die hand,

Daß er bedorfft einr grossen Summen,

　　Doch wist ers nit all zu bekommen,

Wiewol ers weit zusamen schrapt. 5)

　　Er hett im Land ein reichen Abt,

Der hett gantz rühlich lang gehauset,

　　Den langt er an vmb etlich tausent,

Deß wegert sich der Münch zum theil,

　　Zeigt an den gbrechen vnd den fehlt, 6)

Hoch allegiert des Klosters not,

　　Zum halben theil sich doch erbot.

K 5　　　　　　　　Da

4) Trachten, streben.

5) Schabt, scharrt.

6) Den Fehler, oder Mangel des Klosters.

Da sprach der Fürst, hör was ich sag,
    Wil dir fürlegen etlich frag,
So du mich kanst in dreien Tagen
    Wol berichten derselben Fragen,
Erlaß ich dir der bestimpten schulden
    Für jede Frage tausent gulden.
Erstlich sag mir on argelist,
    Wie weit hinauff gen Himmel ist,
Zum andern sag mir auch gut rundt,
    Wie tieff da sey des Meeres grundt,
Auch wie viel küffen 7) must machen lassen,
    Das grosse Meer barinn zu fassen,
Vnd dieß sol sein das vierte Stück,
    Wie weit vom vnglück sey das glück.
Nun war dem Fürsten wol bewust,
    Daß doch der Abt (wiewol er sust 8)
Reich war vnd grosser Prelatur)
    An weißheit war ein grober Bur,
(Wie sie auch jetzt zu vnsern zeiten
    Künnen nur schlemmen, jagen, reiten,
Solch hohe Frag nicht würd aufflösen,
    Drumb wolt er jn also bedbsen. 9)

7) Grosse Fässer.
8) Sonst.
9) Betäuben, verwirrt machen.

Der Abt (wiewol ers thet nit gern)

   Doch must zu gfallen seinem Herrn

Annemmen die bestimpten radtzol 10)

   Welch jm nit bhagen all zu wol,

Vnd machten jm ein groß beschwern,

   Wust sich derhalb auch nit zu kern, 11)

Bey seinen Brüdern suchte raht,

   Da war keiner in höherm grad

Gelehrter denn der Abt daselb,

   Zu seiner Art fand er kein Helb, 12)

Für grossem leidt ins Feldt spaciert,

   Ongfehr wirdts gewar der Seüwhirt,

Er kam, vnd neigt sich gegen jm,

   Sprach, gnediger Herr, wie ich vernim,

Seit jr nit frölich, wie jr pflegen,

   Sagt mir, woran ists euch gelegen.

Der Abt sprach, wenn ich dirs schon klagt,

   Davon lang schwatzet vnd viel sagt,

So bistu doch der Mann zwar nit,

   Der mir könbt rahten etwan mit,

                       Wenn

Räthsel. Von der verfälschten Schreibart dieses Worts und dessen Abstammung s. Frisch, Thl. II. S. 90. a. Schilt. Glossar. p. 673.

11) Zu helfen; wußte nicht, wohin er sich wenden sollte.

10) Stiel, Handhabe. S. oben bey der ersten Fabel.

Wenn ich zu Cölln jetzt wer am Rhein,
    Da die Magiſtri noſtri 13) ſein,
Tauſent gülden ließ ichs mich koſten,
    Weiß aber jetzt kein ſolchen Poſſen,
Der mir die ſach ſo bald beſtellt,
    Das vnglück für die Thür da helt,
Wo ich morgen nit antwort breng,
    Werden mir alle löcher zeng, 14)
Beſchetzt 15) werd vmb viel tauſent Thaler,
    So wirt mein ſtatt vnd herſchafft ſchmaler,
Derhalben mag ich jetzt wol trauwren,
    Vnd ſtieß den Kopf ſchier an die Mauren.
Der Seuwhirt ſprach, damit fahr ſchon, 16)
    Wer weyß ob ich euch helffen kan.
Da ſprach der Apt, ſchweig du deß nun,
    Solch ding iſt nicht von beinem thun.
Er ſprach, Herr, ſeyd nit ſo verrucht, 17)
    Was thet ein ding doch vnverſucht?

                          Bitt

13) Magiſtri noſtri ſind auf den Akademien diejenigen,
die auf der Akademie ſelbſt, nicht anderswo, Magiſter
geworden ſind.

14) Zu enge.

15) Geſchätzt, mit der Auflage beſchwert.

16) Seyd darum unbeſorgt; vielleicht kann ich euch helfen.

17) Verrucht iſt hier in einer gelindern Bedeutung nichts
weiter, als hartnäckig, widerſpenſtig.

Bitt wolt der demut euch erwegen, 18)

  Mir etwas von der sach fürlegen,

Es sein wol ehe (ob ichs nit rieth)

  Vergebens so viel wort verschüt.

Der Abt hub an, verzelt ims gar,

  Wies im beim Fürsten gangen war,

Vnd wie die Fragen warn gerüst 19)

  Drauff er gar nit zu antworten wißt.

Er sprach, wenn jr nur folgen wolt,

  Der sorg jr bald loß werden solt,

Vnd euch eins gringen vnderwinden,

  Ließt euch in meinen kleidern finden,

Mich wider in die euwr verkappt,

  So wolt ich morgen wie ein Abt

Vor dem Fürsten von euwrentwegen

  Antwort geben, er solt sich segnen,

Vnd solt leicht, wenn jr das jetzt thetet,

  Etlich tausent damit erretten,

Vnd geben mir ein klein geschenck.

  Da sprach der Abt, kom bald vnd henck

             .Mein

---

18) Ich bitte, ihr wollet so demüthig seyn, Euch so weit herablassen.

19) Eingerichtet, beschaffen.

Mein Kappen, laß ein blatten 20) scheru,

 Vnd thu recht wie ein Abt gebern, 21)

Vnd antwort wie du weist zum sachen,

 Ich weiß jetzt besser nit zu machen,

Richstus wol auß, wil dich begaben,

 Daß du dein lebtag gnug solst haben.

Ich hab michs doch wol halb getrbst,

 Vnd würd ich so durch dich erlöst,

Es wer fürwar ein grosses wunder.

 Er sprach, folgt mir in dem jetzunder,

Wie ich gesagt hab, also thut,

 Vnd habt derhalb eln guten mut.

Deß morgens legt die lappen an,

 Vnd trat her in des Abts person

Fürn Fürsten, daß er antwort geb,

 Sprach, gnediger Herr, daß ich anheb,

Wie mir euwer gnad hat auffgelegt,

 Weil sichs denn jetzt also zutregt,

Die erst Frag, die mir fürgestellt,

 Sich der gestalt und massen helt,

Der Himmel ist nit (wie man meint)

 So hoch, wie er da für uns scheint,

20) Eine Platte.

21) Grbehrden.

Ein kleine tagreiß, auch nit mehr,

    Mit gmeinem sprich ich das bewer,

Da Christus seinen Jüngern schwur,

    Darnach hinauff zum Vatter fuhr,

Geschachs vor mittag am heilgen Ort,

    Denselben Abend war er dort.

Das Meer, dadurch lauffen die Schiff,

    Ist auch nit, wie man meint, so tieff,

Daß man sich drumb bekümmern darff,

    Ist nit mehr denn ein ebner steinworff,

Und wie viel kuffen oder Töpffen

    Man dörfft das Meer darinn zu schöpfen,

Wo man ein het, die groß gnug wer,

    So dörfft man sonst kein machen mehr.

Das vierte stück merck auch dabey,

    Wie weit glück von dem unglück sey,

Das ist, wie ich mich hab bedacht,

    Nit weiter, denn ein tag und nacht.

Necht 22) must ich hindern Seuwen traben,

    Jetzt bin ich zu eim Abt erhaben,

Und der Abt ist auß seinem Orden

    Kommen, und zu eim Seuwhirt worden.

So kurtz sich das glückradt umbwend,

    Der Fürst bald mercket all umbstend,

Be

22) Gestern Abendt.

Behagt jm wol deß Gsellen red,
  Das er so weißlich geantwort hett,
Vnd sprach, für dein geschickligkeit
  Solltu bey all der herrligkeit
Dazu bey all den gütern bleiben,
  Vnd laß den Mönch die Seuw heimtreiben.

———

Weil diß wol seyn mag ein gedicht,
  Vnd ichs auch nit für ein geschicht
Daſſelb jemand zu glauben treib,
  Nachdem ich jetzt nur Fabeln schreib,
So zeigt es doch gar höfflich an
  Vnd giebt vns gnugsam zu verstahn,
Daß man der Weißheit, Kunst vnd Lehr
  Erzeigen soll gebührlich ehr,
Obs wol zum ersten wird geschmelt,
  Vnd offtmals ermlich bettlen geht,
Von vngelehrten vndertruckt,
  So wirds zu letst doch auffgeruckt,
Vnd thuts zu ehren hoch erheben,
  Nach jr gebür muß oben schweben,
Vnd muß (wie etlich davon schreiben)
  Die schreibfeder Keiserin bleiben,

Vnd

Vnd mag die welt (wie man sicht heut)
   Nit bstehen on Gelehrte leut,
Man stell sich auch wie man sich stell,
   Oder bring zwegen, 21) was man woll,
So kan es doch die leng nit wehren,
   Der Gelehrten kan man nit entberen.
Drumb sol sie solches nit gereuwen,
   Ob sie ein weil an armut keuwen,
So werdens doch zuletst ergetzt,
   Vnd nach gebühr zum ehrn gsetzt,
Vnd gliebt wirt, den man vor hat ghast,
   Wie solchs in ein kurtz lieblin gfast
Zu Nürmberg durch ein Glehrten Man,
   Welchs ich auch hab hinzu gethan.

r.

Wiewol vmbsunst jetzt alle kunst
   An tag wirt frey gegeben,
Kein wundern soll, ob er gleich wol
   Glehrt leut sieht elend leben.
Denn merck nur auff bey allem kauff,
   So wirstu gewiß befinden,
Das wolfeyhl macht all ding veracht,
   Vnd bleibt also dahinden.

                      2. Doch

21) Zuwege.

Zacharia III. Theil.   2

2.

Doch schweig vnd beit 24) eine kleine zeit,
    Wirt sich schon spiel erheben,
Laß gfallen dir der Welt manier,
    Wart doch deiner schanz 25) daneben
Denn weil die kunst hat schlecht fein gnaß,
    Jetzundt auf dieser Erden,
So muß zum end das Regiment
    Mit Narren besetzet werden.

3.

Darnach auß noth dich auß dem kot
    Das glück herfür wirt rücken,
Vnd geben gnug durch guten fug,
    So du dich vor must schmücken.
Darum ich raht, doch schier zu spat,
    Daß man nach kunst wöll streben.
Denn wolfeyhl Brot sol man zur not
    In grosser ehr auffheben.

III. 96.

24) Beiten, auch baiten, warten, Geduld haben.

25) D. i. wart, bis das Spiel oder das Glück an dich
kömmt. Frisch hat diese Bedeutung des Wortes
Schanz umständlich erläutert. S. auch Hrn. Lef-
fings und Ramlers Wörterbuch zum Logau.

III 96.

Wie einer seinem Freunde Gelt zu behalten gab.

Viel gelts ein Kauffmann zsamen legt,
 Das hett er mannich Jar gehegt,
Vnd eingemahnt von sein bezahlern,
 An dicken Groschen, groben Talern.
Wie er wolt ziehen auß dem Land,
 Legt er daſſelb zu treuwer hand,
Daß jms zu weg kein möcht rauben,
 Bey seinem Wirt auf guten glauben,
Damit er seinen vrlaub nam,
 Vnd vber ein halb Jar widerkam,
Vnd fordert also bald sein Gelt.
 Der Wirt sein angsicht gar verstellt,
Sprach, hie ist nit wol zugesehen,
 Groß schad ist bey dem Gelt geschehen.
Ich meint ich hetts gar wol verwart,
 In mein kasten beschloß ichs hart,
Das sicher blieb vnd vnverletzt,
 Da han die Mäuß hindurch gefretzt, 1)

    L 2   Den

1) Gefreſſen.

Den Seckel gar zu stücken grissen,

    Das Gelt zunaget vnd zerbissen,

So gar vertragen vnd vertrieben,

    Ist nit ein Pfenning vberblieben,

So ist verfressen vnd verschwunden,

    Hab ichs denn eitel Meußdreck funden,

Der Kauffmann, wie er war gar klug,

    Bald wie er merkt des Wirts betrug,

Er sprach, was hör ich immer sagen,

    Pflegen die Meuß auch Gelt zu nagen?

Das hab ich warlich nit gewußt,

    Daß sie zu solcher speiß han lust,

Fressen solch grosse harte stück,

    So hast du warlich sehr groß glück,

Weil du bist in der mitt gesessen,

    Daß sie dich nit han auch gefressen,

Damit schweig still, vnd gieng dahin.

    Der Wirt freuwt sich in seinem sinn,

Daß er den Kauffmann hett gefaßt, *)

    Mit solcher List das Gelt abgschwatzt.

Dieweil der Kauffmann gieng hinauß,

    Findt auff der Gassen für dem Hauß

Des Wirtes Sohn ein Knaben klein,

    Der spielt, vnd war nun gar allein.

                      Den

*) Zum Besten gehabt.

Den bracht er, bey der Hand geführt,
Heimlich zu seinem andern Wirt,
Hielt in dieselbig nacht verborgen,
Da kam der Wirt am andern morgen,
Vnd klagt demselben Mann sein sachen,
Vnd sprach; gebt rath, wie sol ichs machen,
Mein einig Kind ist mir entkommen,
Wißt ir nit wers hat weg genommen?
Habs in der kirchen, auff den strassen,
Abkündigen vnd suchen lassen.
Der Kauffmann stund dabey vnd horts,
Er sprach, Freund, glaub mir nur eins worts,
Nechten sahe ich ein grossen Raben,
Der führt hinweg ein kleinen knaben,
Floh dauffen 3) auff ein Baum damit,
Ist er euwr gwest, das weiß ich nit.
Er sprach, wie mag das müglich sein,
Daß in ein Rab ertrüg allein?
Er ist bei nahe vierdthalbjährig,
Es wer eim Wolff vberschwärig, 4)
Er sprach, laßt euch nit wunder nemmen,
Es seyn wol grösser ding geschehen,

L 3 Habt

3) Draussen.
4) Zu schwer, um es zu tragen.

Habt jr doch Meuß vnd kleine Ratzen,

    Die harte Taler kban zu knatzen, 5)

Daß man kein schart 6) nit wider find.

    Solt denn ein Rab nit tragen ein Kind?

Da merck't der Wirt der sachen gstalt,

    Daß ern mit gleicher Müntz hett zalt,

Vnd legt jm bald sein Gelt da wider,

    Da gab er jm das Kind auch wider,

Vnd huben mit ein ander auff,

    Gaben gleiche wahr in gleichem kauff.

———

Wo eur mit bösem maß außmißt,

    Finantzet, 7) rencket 8) alls mit list,

Der darff kein anders nit gedencken,

    Den das man zal mit gleichen rencken,

Brengs jm mit solcher maß zu hauß,

    Wie er selb hat gemessen auß,

Wer seine Feder so wil scherffen,

    Mit faulen fratzen außzuwerffen,

                     Der

5) Zernagen.

6) Kein Stück.

7) Finantzen, betriegen, übervortheilen.

8) Rencken, Ränke treiben.

Der denck nicht das mans jn verhebt 9)
    Mit Regeln man Regel außgrebt,
Vnd wirt ståts list bezalt mit list,
    Ein Fuchß auch wol den andern frist.

VI. 2.

Vom Fuchß vnd dem Hanen.

———

Vom Fuchß man offt gesaget mir,
    Wie er sey gar ein listig Thier,
Vnd pflegt die andern Thier betriegen,
    Vmb eigen nutz jn offt fürlügen.
Solchs er am Hanen hat erreigt, 1)
    Wie diese folgend Fabel zeigt.
Einsmals da er hett lang geloffen,
    Vnd durch viel dicker Hecken gschloffen, 2)
Daß jm sein Bauch war worden leer,
    Zohe in eim holen weg daher
Vom Dorff nit weit, an einem fluß,
    Vngefehrlich zwen Armbrust schuß,

        L 4   Da

9) Daß man es jhm zu Gute halten werde.

1) Bewiesen.

2) Geschlüpft. Geschloffen ist von dem veralteten Zeit-
worte, schliefen.

Da ſaß ein Han auff einem Baum
    Hoch, daß er kundt abſehen kaum,
Mit dreyen hübſchen feyſten Hennen,
    Die ſich gemeſtet in der Tennen
Vnd ſaſſen hoch auf einer Eychen,
    Daß ſie der Fuchß nicht mocht erreichen,
Er dacht, was ſol ich immer thun?
    Ich äß ſo gern einſt von eim Hun.
Da hett ein Bauwr ein groſſe Buchen
    Nieder gfellt, da gundt er ſuchen,
Vnd fand ein weiſſen ſpahn vierecket,
    Doch ein wenig lenglecht geſtrecket,
Nam jn ins Maul, vnd trolt ſich hin
    Auf künfftig beut vnd guten gwin,
Zohe langſam vnterm Baum daher,
    Als ob ers ther als geſehr,
Wie jn der Han von oben ſicht,
    Krdet laut, leſt ſich erſchrecken nicht.
Der Fuchß legt nider ſeinen ſpan,
    Vnd hebt weißlich zu reden an,
Vnd ſprach, botz lieber Ohm, Herr Henning,
    Ich hett verwett ein alten Pfenning,
Daß ich euch hie nit finden ſolt.
    Jedoch wenn jr mich hören wolt,

Wil

Wil euch erzeln seltsam geschicht,

    Die nit auß meinem Ghirn erdicht,

Auch nit auß meinem Gedenck besunnen,

    Oder auß einem todten Roßkopff gespunnen. 3)

Sondern sind vns vom Himmel geben,

    Daß darnach alle Thier solln leben.

Ernstlich wils han gehalten Gott

    Haben, gleich wie die zehn Gebott,

Denn es kein lecherliche bossen

    Sondern mit solchem ernst beschlossen,

Mit Brieff vnd Sigel starck befest,

    Daß mans wol vnvmbgstossen lest.

Da sprach der Han, nun sag doch her.

    Er sprach, es sind gar gute mer, 4)

Vnd weil ich euch so lang hab kennt,

    Stäts für mein lieben Ohm genennt,

Halt ich, daß jr deß wol seit wehrt,

    Für andern Thiern zum ersten bschert,

Daß jr solt sein der erste Fründt,

    Dem ich solch heilsam red verkündt.

Er nahet sich zum Baume baß,

    Vnd setzt sich niber in das Graß,

L 5   Er

3) Vermuthlich eine sprüchwörtliche Redensart.

4) Gute Geschichten, Begebenheiten.

Er leckt das maul, vnd ruspert sich,
    Vnd sprach, Herr Henning, hört doch mich,
Hört zu mit euwren Schwestern fleissig,
    In diesem Jar sieben vnd dreissig
Hat der Bapst in Italia
    In der schönen Statt Mantua
Ein gemein Concili betracht,
    Viel Herren da zusamen bracht
Cardinäl, Patriarchen, Bischoff,
    Versamlet gar an seinen Hof,
Dabey auch andre Herrn Legaten,
    Gschickt von weltlichen Potentaten,
Als Commissari, Oratorn,
    Die von der Herrn wegen da warn,
Vnd haben all eintrechtiglich
    Beschlossen, daß sol ewiglich
Ratum, Decretum, Firmiter,
    Et Irrefragabiliter. s)
Der Han sprach, Herr Reinhart, sagt her,
    Was sein die wunderlichen Mär,
Da jr so hoch vnd groß von rhümen,
    Mit so viel worten schon verblümen?

                          Jr

---

s) Aus den päbstlichen Verordnungen entlehnte Formeln.

Ir gebt ein guten Predicanten

    Ja für die Hůner, Gånß, vnd Anten, 6)

Ir kōnt Latin, vnd alle Sprach

    Muß jedermann euch geben nach.

Wer gnug, ihr hett der Sophistrn

    Studiert in der Schul zu Pavy, 7)

Das Doctorat stůnd euch wol an,

    Ir seit der Schrifft ein glehrter Man.

Er sprach, die sach ists gar wol wehrt,

    Daß man mit vielen worten ehrt,

Diß aber habens decerniert,

    Mit Brieff vnd Sigel confirmiert.

Nach dem vor vielen alten zeiten

    Kein gewohnheit war bey den Leuten,

Daß sie pflegen fleisch zu essen,

    Vnd dorfft sich deß niemand vermessen,

Biß daß bey Noha nach der Sindtflut

    Von Gott ward angesehn für gut,

Den Menschen fleisch erlaubet hat,

    Darauß erfolgt grosser vnraht,

Denn davon leidt vnd mordt ist kommen,

    Viel Thier darauß vrsach genommen,

                 Daß

6) Enten.

7) Pavia, oder Padua, damals die berühmteste Akademie.

Daß sie einander han gefreſſen,
  Vnd aller zucht vnd ehr vergeſſen,
Vnd ſprach, iſt es den Menſchen frey,
  Warumb ſolts vns verbotten ſeyn?
Darauß iſt kommen mühe vnd klag,
  Nun muß es vor dein jüngſten Tag
Vnd noch in dieſen letſten tagen
  Die ſach geſtillt werden vnd vertragen.
All neid vnd haß auff dieſer Erd
  Bey allen Thieren vergeſſen werd,
Drumb hat der Bapſt on allen hel,
  Vielleicht auß göttlichem befehl,
Mit weiſem raht vnd klugen ſinn
  Endtlich die ſachen bracht dahin,
Ein jedes Thier ſich ſolches maſſen,
  Das ander vngefreſſen laſſen,
Laub vnd gras ſollen ſie genieſſen,
  Vnd damit jren hunger büſſen.
Allein der Fiſch im Waſſer ſey
  Menſchen vnd Thieren zu eſſen frey,
Vnd ſind derhalben frey gegeben,
  Denn da all Thier verlorn das leben
In der Sündflut, wies ſteht geſchrieben,
  Da ſein die Fiſch lebendig blieben.

                    Drumb

Drumb hats Gott also verschafft,
  Daß sie auch würden einst gestrafft,
Vnd dieß herrlich neuw Edict
  Reichlich beglsftet 8) vnd gespickt
Mit Brieff vnd Siegel stark muniert,
  Mit Priuilegien hoch geziert,
Mag billich gneuuet werden zwar,
  Das rechte gülden Jubeljar,
Ist auch schrifftlich in Druck gestellt,
  Darnach ein jedes Thler sich helt.
All Punct verfasst in ein Receß
  Ward jetzt zu Franckfurt in der Meß
Vorm Römer 9) gschlagen an die thür,
  Da hiengen achtzehn Siegel für,
Da stunden Kammerbotten bey
  Deß ich ein warhafftig Copey,
Wie solchs zugangen vnd beschehn,
  Als hie vor augen ist zu sehn.
(Vnd zeigt jm da den weissen Span,
  Meint, er solt jm dran gnügen lan)
So ists nun allenthalben fried,
  Drumb steigt herab, vnd förcht euch nit,
                                      Nims

8) Begabt.

9) Das Rathhaus in Frankfurt am Mayn.

Nimb deine Schwestern all mit dir,
　　Dörfst euch besorgen nit vor mir.
Den Brieff wölln wir im Wirtshauß lesen,
　　Vnd haben da ein frölich wesen,
Hab hie noch einen gülden rot, 10)
　　Den mein Mutter nit gsehen hot,
Den wölln wir samptlich da verzehrn,
　　Vnd vns hinfürter freundlich nehrn.
Da sprach der Han, es nimpt mich wunder
　　Solch gschwind verenderung jetzunder.
Wie ich jetzt hör aus deiner sag,
　　Es muß nahe sein dem jüngsten tag,
Drumb wil ich glauben deinem wort,
　　Harr, ich komm jetzundt also fort
Der Fuchß ward fro, vnd sprach, nun kumb,
　　Da macht der Han den Halß so krumb,
Vnd strecket weit auß seinen kragen,
　　Sahe hin ins Feldt, der Fuchß gund fragen,
Vnd sprach, sag an, wo nach sichstu?
　　Komb, ich bleib sonst nicht lenger nu.
Der Han sprach, wil dirs wol verkunden,
　　Dort kompt ein Jäger mit zwen Hunden,
Dem man den Brieff auch lesen sol,
　　Sie seyn beid fromb, ich kenn sie wol,
　　　　　　　　　　　　　　　Daß

10) Einem rothen Gulden.

Daß sie auch wissen von den sachen,
  Vnd gleich mit vns sich frölich machen.
Da fragt der Fuchß, sein sie noch ferr? 11)
  Nein, sprach der Han, sie ziehn daher.
Da sprach der Fuchß, ich gehe davon,
  Wiltu folgen, das magstu thun,
Da sprach der Han, wie so, ists fried?
  So hastu dich zu bsorgen nit.
Er sprach, ob sies noch nit vernommen,
  Liessen mich nit zur antwort kommen,
Vnd mich so eilend vberfielen,
  Wil lieber das gewissen spielen, 12)
Vnd mich hindurch die Hecken brengen,
  Ein ander mag in zeitung brengen,

———

Es ist mancher so gar verschlagen,
  Meint etwas damit auffzujagen
Vnd denckt, er sey so klug allein,
  So find er doch zu zeiten ein,

Der

11) Fern.
12) D. i. ich will mich, wie ein böses Gewissen, betra-
    gen, und der Strafe ausweichen. Wahrscheinlich
    war auch diese Redensart sprüchwörtlich.

Der auch geschickt vnd gegenklug,
    Kan trug vergelten mit betrug,
Zu dem man sichs gar nicht versicht,
    Wie vom Hauen dem Fuchß geschicht.
Wer ein schalck mit schalck wil letzen,
    Der muß ein auff die schiltwacht setzen 12)

IV. 7.
Vom Fuchß vnd Affen.

————

Der Fuchß eins tags lieff vnder Thier,
    Daß er mocht horen newe mer.
Er hort, wie die Aff jungen hett,
    Vnd leg zum Hayn im Kindtbeth,
Wolt morgen halten Sechßwochen
    Mit irn Gvattern, hett abgestochen
Ein feystes Zickel, das gesotten,
    Auch Huner vnd Caponen broten,
Von Eyern, Ram, viel Kuchen bachen,
    Da dacht der Fuchß, wll mich auff machen,
                       Den

12) D. i. wenn ein Schalk den andern betriegen will,
  so muß er alle Vorsicht brauchen, um nicht selbst
  überlistet zu werden. Letzen ist so viel als verletzen, Schaden zufügen.

Den weg mich nicht laſſen verdrieſſen,
　　Wer weiß, ob mir ein guter biſſen
Würd, wenn ich zu jn kem ins lager,
　　Es war kein Braten nie ſo mager,
Auch den man vor drey ſchilling kaufft,
　　Daß nit davon ein wenig treufft.
Er kam hin zu derſelben Affen,
　　Grüſts freundtlich, theten jn angaffen,
Er trat vors Beth, da die Aff lag,
　　Und wünſchet jr ein guten tag,
Vnd ſprach, daß jr wiſt, liebe Mum,
　　Warumb ich jetzundt zu euch kum,
Es ward mir necht von euch geſagt,
　　(Als ich gantz fleiſſig nach euch fragt)
Wie jr hett zwey kind auff einmal,
　　Deß ward ich fro, behagt mir wol,
Vnd bitt, wöllet michs laſſen ſehen,
　　Daß euch und jn müß gut geſchehen.
Die Aff ward ſolcher red gar fro
　　Zeigt ims, da lagens beyd im ſtro,
Mit einem Beltz bedecket waren.
　　Der Fuchß nams beid auff ſeinen arm,
Vnd ſprach, daß ſind zwar ſchöne Kindt,
　　Ich glaub fürwar nit, daß mans findt

Auch in den Stetten bey den Reichen
    Zwey Kinder, die sich im vergleichen,
Ich sags zwar, leben sie die zeit,
    So werdens gar verstendig leut,
Wie ich deß Himmels lauff erfahrn,
    Sein in eim guten zeichen geborn,
Wie er sie gnug gelobt, legts wider
    Auffs stro, setzt sich zur Affen nider.
Sie freuwt sich sehr 'zur selben fahrt ₁)
    Gdacht, ich weiß wol, daß Herr Reinhart
Ein kluger Mann vnd hochgelehrt,
    Lobt nit das nit ist lobenswerth,
Ist nit so, wie die groben Gsellen,
    Die sich zu mir vnfreundtlich stellen,
Wie da der Esel, Ochß, vnd Bär,
    Die nit einst zu mir kommen her.
Wer weiß, wo mirs einmal noch straffen.
    Sie rieff irm Mann, dem alten Affen
Von Heydelberg, daß er herbrächt,
    Den Fuchß, irn Ohmen, frölich mächt.
Er trug ein ₂) Hüner in der Gallret, ₃)
    Capponen, die er braten hett,

                        Mein

₁) Zu dem, was ihr widerfuhr.
₂) Er trug herein.
₃) In der Gallerte. Hr. Adelung leitet dieß Wort
                             von

Wein, Kuchen, Aepfel, Birn vnd Nüß,

   Er sprach, geb, 4) das vergelten müß,

Was jr an mir gebt auß milter gab,

   Zwar lang so wol nit gessen hab.

Als er hett seinen balck 5) gefüllt,

   Vnd seinen Hunger wol gestillt,

Er danckt, nam vrlaub, sprach, ich scheib,

   Geb, daß euch nimmer gscheh kein leid,

Zohe hin, setzt sich vnder ein strauch,

   Daß er außdauwt den vollen Bauch.

Da kam zu jm Wolff Eisengrim,

   Er sprach, Herr Reinhart, ichs vernim,

Jr seit am guten ort gewesen,

   Vnd habt euwrn Kopff gar voll gelesen.

Er sprach, Herr Eisengrim, glaubt mir,

   Wern meiner schon gewesen vier,

Wir hetten alle gnug gehabt,

   So herrlich ward ich da begabt

Mit Wein vnd brot, vielerley speiß,

   Die ich nit all zu nennen weiß.

M 2   Er

von Kellern, gerinnen her, und bemerkt, daß es bey
den Schriftstellern des vorigen Jahrhunderts Gal-
rey, Galhart, Galrad und Galraid, wie hier,
geschrieben wird.

4) Für: Gott gebe: wie in der folgenden dritten Zeile.

5) Balg.

Er ſprach, ach lieber, laſt michs wiſſen,
    Wer weiß, ob ich auch noch ein biſſen,
Ob ich dar kem, von jn möcht haben,
    Damit ich einſt mein Hertz mögt laben.
Er ſprach, ſo folget meinem raht,
    Da liegt ein Aff, zwey kinder hat,
Macht ſich frölich mit jrn Gevattern.
    Wenn du da weiblich könnteſt ſchnattern,
Was ſie gern hören wolteſt ſprechen,
    Erlangeſt auch ein gute zechen.
Kanſtu der affen kinder preiſen,
    So werdens dir groß ehr beweiſen.
Der Wolff ward fro, lieff nab ins Thal,
    Da ſaſſens zamen 6) in eim Saal.
Die Aff ſahe jn, vnd rieff jm nein,
    Vnd ſprach, kompt her, Herr Eyſengrein,
Schawt meine kind, die jungen Erben,
    Sein wehrt, daß wir auch vor ſie werben. 7)
Wie ſie der Wolff ohngefehr erſach,
    Erſchrack, vnd zu der Affen ſprach,
Was wunders ſchafft Gott in der welt,
    Solch vngeziffer drinn erhelt,

                              Mit

6) Zuſammen.

7) Daß wir für ſie was zu erwerben ſuchen.

Mit Hunden fol man fie außhetzen,

　　Zum fcheitzel 8) in die Bonen fetzen,

Vor allen Thieren ungefellig.

　Da wurten all die Affen fchellig, 9)

Theten fich obern Wolff ermannen,

　　Vnd in gar greuwlich anzuzannen,

Jm feinen buckel gar zerbiffen,

　　Sein Angeficht kratzet und zerriffen,

Daß er von dannen fchied vnmutig.

　　Er kam zum Fuchß, vnd war ganz blutig,

Er fragt, wie haftus außgericht?

　　Deß helt ich mich verfehen nicht,

Hetft den Mantel nachm wind gehenckt,

　　Man hett dir freilich baß gefchenckt,

Vnd wer folch vnehr nit gefchehen.

　　Da fprach der Wolff, da mags vmbfehen,

Jch wil daß heßlich zwar 10) nit loben.

　　Solt ich auch nimmer zeffen 11) haben.

----

8) Scheufal, um die Vögel wegzufcheuchen.

9) Aufgebracht, polternd, von fchellen, vociferari. S.
　　Stielers Sprachfchatz, S. 1724.

10) Zwar wird hier, wie fonft beim Waldis fehr oft,
　　nur ausfüllungsweife, wie das Lateinifche quidem ge-
　　braucht.

11) Zu effen.

Bey 12) diesem Wolff werden bedeut
    Die frommen auffrichtigen leut,
Die sich nit nach der narung stellen,
    Vmb Geitzes willen nit heuchlen wöllen,
Die thut man höhnen vnd verachten,
    Müssen in kummer offt verschmachten.
Beym Fuchß wird dir fein angezeigt,
    Den stein auff beyden schultern kreigt, 13)
Zugleich beid schleiffen kan vnd wenden,
    Vnd sich schmücken an allen enden,
Den nennt man einen klugen Mann,
    Der sich in alles schicken kann.
Es wirt sich aber alles finden.
    Das scherffest ist zwar noch dahinden.
Ein jeder sehe sich eben für,
    Gottes vrtheil helt jm vor der Thür.
Wie einr hat than in diesem leben,
    Muß er vor Gott rechenschafft geben.

IV. 10.

Von einem Edelmann.

———

Im zwey vnd siebenzigsten jar,
    Da Neuß am Rhein belegert war

                             Von

12) Bey ist hier, vnd in der sechsten folgenden Zeile
   gleich dem Englischen by, so viel, als durch.
13) Trägt.

Von Herzog Carol von Burgund
    Der nach all jrm verderben stund,
Erhielts Landtgraue Herman auß Hessen,
    Der damals war in Neuß gesessen, 1)
Wie sich der Krieg verlengen thet,
    Daß man nit vil mehr zessen 2) hett,
Denn wie man sagt, da man von tregt
    Alltag, vnd nit wider zulegt,
Da wirt zuletst der hauffen klein.
    Nun hett der Fürst vor sich allein
Ein Kuhe, von der man alle tag
    Die Milch zur speiß zu nemmen pflag.
Beym Fürsten war ein Edelman,
    Den facht auch not vnd hunger an, 3)
Der gunt dieselbe Kuh einst fellen,
    Schlachtets, vnd aß mit sein Gesellen,
Das blieb nun etlich tag vertust, 4)
    Daß es sonst niemand frembdes wust,

M 4   Je=

1) Hermann, von Hessen, Administrator zu Köln, und
Bischof zu Paderborn, vertheidigte die Stadt Neuß
im J. 1472. wider Herzog Karln von Burgund, der dem
entsetzten Erzbischofe von Köln zu Hülfe gekommen war.

2) Zu essen.

3) Anfachen wird hier für anfallen, zustossen, gebraucht

4) Vertust, verhelt.

Jedoch zu letſt wards offenbar,

    Wo dieſelb Kuh hin kommen war,

Als ſolchs der Fürſt nun hett vernommen,

    Den Edelmann hieß vor ſich kommen,

Vnd ſtrafft jn drumb mit Worten hart,

    Wiewol ſunſt drauß nit böſers ward.

Denn ſolches blieb zwar nit vnbedacht, 5)

    Daß jn die not dazu hett bracht,

Vnd der hunger, das ſcharpffe ſchwerdt,

    Sonſt hett er nit der Kuh begert,

Vnd was zwar keine groſſe ſchand,

    Dennoch thets jm im Hertzen and, 6)

Sprach zum Fürſten, ſo glob ich heut,

    Das hörten all diß Edelleut,

Mein dienſt kein Fürſten ſagen zu,

    Der nit mehr hat denn eine Kuh.

———

Damit derſelbig Edelmann

    Gar höflich zeigt den kummer an,

Daß bey eim ſolchen groſſen Herrn

    Auch Edelleut in notturfft wern.

Doch

5) Denn man bedachte dabey.

6) D. i. es that im Hertzen wehe, es machte ihm innerlichen Verdruß. Ande oder Ante hieß eheran; Sorge, Kummer. S. Friſch, S. 26.

Doch folt er han rechnung gemacht,
    Vnd all vmbstend der not betracht.
Aber auf solchs der Bauch nit harret,
    Er wil damit sein vngenarret.
Der hunger vnd die grosse not
    Manchen dahin gezwungen hat,
Daß er mit raub den kummer büß. 7)
    Der Hunger macht rohe Bonen süß.

IV. 12.

Vom Landtßknecht ¹) vnd einer Kuh.

———

Es gschahe einsmals auff eine zeit,
    Zwen Fürsten hetten einen streit,
Ein jeder brennt, mordet vnd raubt,
    War frey, vnd den knechten erlaubt.
Ein Landßknecht thet fleissig zuschauwen,
    Vnd kam zu einer armen Frauwen,
Die hett nit mehr denn eine Kuh,
    Im gantzen Hause nichts dazu,

        M 5   Ver-

7) Sich des Kummers entledige.

1) Landtßknecht ist das alte deutsche Wort für Soldat.

Verbarg sie heimlich in jr Kammer,

    Vnd schlug fest zu mit einem Hammer,

Da kam derselbig Landtsknecht hin,

    Auff guten berath, 2) beut vnd groln,

Begundt mit der Frauwen zu hausen,

    Schlug Katzen todt, wolt selber mausen,

Sucht vmb, zu irm grossen verdrieß,

    Im kurtzen kasten lange Spieß, 3)

Fand nichts, hett sich zu lang gesaumt,

    War vorhin alles auffgereumt.

Zuletst ward er gewahr der Thür,

    Stieß auff, lieff nein, vnd zohs herfür,

Die Kuh, so er da fandt allein,

    Triebs hin, die Fraw lieff nach vnd grein, 4)

Sprach, hab nur die, vnd keine mehr,

    Ich bitte dich vmb Marien ehr,

Laß mirs, ich weiß sonst nicht wo von

    Hinfürter sol mein futtrung hon.

                         Er

---

2) Berath, Vortheil, Erwerb.

3) Dieß scheint ein Sprüchwort gewesen zu seyn, und anzudeuten, daß man oft in kleinen Behältnissen Sachen von grossem Werth antreffe.

4) Weinte.

Er sprach, gehe heim, es ist vmbsunst,

   Daß du dich itzt bemühen thust,

Drumb spar den weg, und laß dein wandern,

   Laß ichs dir, so nimts doch ein ander.

Begab sich, daß derselbig Gsell

   Gschlagen ward, vnd kam in die hell,

Ins Teuffels kuchen, 5) heisse glut,

   Da gschahe im, wie man solchen thut.

Ein junger Teuffel ward losiert

   Zu jm, daß er jn Mores lehrt,

Der blies im zu, vnd macht jn heiß.

   Der Landtsknecht sprach, zwar ichs nit weiß,

Was ich dir vor den andern thau,

   Die mich allsam mit frieden lan,

Vnd du bist so auff mich gericht?

   Der Teuffel sprach, ey denkstu nicht,

Da du zur armen Frauwen kamst,

   Vnd die einige Kuh jr namst?

Ein ander nems, wenn ichs nicht nem;

   Also hier auch ein ander kem,

Wenn ichs nit wer, der dir zubließ,

   Deß Teuffels nam willkommen hieß.

Wer

5) Küche.

Wer sein nechsten one schuld beschedigt,
　　Vnd doch entschuldigt vnd vertheidigt,
Mag man mit Antwort weisen ab,
　　Wie der Teuffel dem Landsknecht gab.

IV. 27.

Vom Studenten vnd einem Mörser.

———

Im Vaterland zu Ingolstatt,
　　Welch auch ein hohe Schule hat,
Vnd viel Studenten vber jar, 1)
　　Darunter einer von Augspurg war,
Eins Goldtschmidts Son, Felix genannt,
　　Dem hett sein Vatter Gelt gesandt,
Wol hundert Gülden auf ein mol,
　　Damit sein schuld bezalen sol,
Vnd stopffen sonst sein not damit.
　　Als er das Gelt bekommen hett,
Ward fro, verließ gar bald die Schulen,
　　Begund eins Bürgers Frauwen bulen,

　　　　　　　　　　　　　　　Die

1) Vermuthlich: die mehr, als ein Jahrlang, dort bleiben.

Die war jung, schön von leib vnd gestalt,
  Vnd hett ein Mann, der war nun alt,
Denn a) ließ der Gesell zu gwissen stunden
  Beim a) alten weib sein willn verkunden,
Auff daß sich desto baß ließ leuken,
  Sagt, wol jr hundert Gülden schencken,
Daß sie ein nacht nur bey jm schlieff.
  Indem ein kleine zeit verlieff,
Jr Mann außreit, wolt vber nacht
  Außbleiben, bald die Fraum gedacht,
Schickt auß die alte Kuplerin
  Zum Gseln, daß er solt kommen hin,
Vnd brecht die hundert Gulden mit.
  Er macht sich auff, und säumet nit,
Deß morgens weißt sie ihm ein gang
  Durchs hauß, sprach, geht hin, machts nit
                          lang.
Der Gsell stund auff, und war nit treg,
  Da stund ein Mörser bey dem weg,
Den nam er, wie er gieng durchs hauß,
  Vndern Rock, vnd trollet sich nauß,
Vnd harrt so lang, bis er vernommen,
  Der Frauwen Mann war wider kommen.
                                    Wie

a) Der.

a) Bey ist hier wieder so viel, als, durch.

Wie er einsmals zu Tische saß,
  Mit der Frauwen vnd Gesten aß,
Gleng nein, sprach, gsegen euch das mol,
  Zur Frauwen sprach, ir wissen wol
Vergangnen Mitwoch ich rein trat,
  Vnd euch vmb diesen Mörser bat,
(Bitt, Herre, wöllets mir verzeihen)
  Vnd wolt mir nit denselben leihen,
Solt euch etwas zum Pfande setzen,
  Wiewol mirs hönt vnd thet mich letzen, 4)
Jedoch kunt ich sein nit entbern,
  Ich antwort, Frauw, das thu ich gern,
Griff in mein Taschen ongefehr,
  Vnd reicht euch hundert Gülden her,
In einem Seckel hart verstrickt,
  Mein Vatter hats zur zerung gschickt.
Euwrn Mörser stell ich euch zur hand, 5)
  Bitt, gebt mir jetzt wider mein pfand,
Die Frauw erschrack, sich bald bedacht,
  Eilend die hundert Gülden bracht,
Besorgt, er würd sonst etwas sagen,
  Vnd sie vor jrem Mann verklagen,
                                    Wat

4) Verletzen, beleidigen.
5) Stell' ich euch wieder zu.

War fro, daß sie sein so ward loß,
    Folgt jm von ferrn, vnd ward gar boß,
Sprach, solt den pfeffer mit solchen bossen
    Nicht mehr in meinem Mörser stossen.

Man sagt gar viel von Frawen list,
    Wie sie gar scharpff vnd spitzig ist,
Von solchen soltens sich lassen lehrn,
    Der schafft sein willn, behelt bey ehrn
Die Fraw, vnd kompt zu seinem Gelt,
    Solch thorheit ist die kluge Welt.

IV. 39.

Vom Pfaffen vnd seiner Metzen.

Es ist jetzt vber zwanzig Jar,
    Zu Hilbeßheim in Sachssen war
Ein Pfaff, hett ein gut Vicarey,
    Vnd ein gar schöne Metz dabey,

Die

Die hett an schön ¹) den preiß vnd rhum,
    Vor allen weibern auff dem Thum.
Daſſelb verdroß die andern Herrn,
    Doch konntens jm mit fug nit wern,
Denn ſie ſelb auch des mehrertheil ²)
    Zohen au ſolchem Bubenſeil.
Dennocht ward jm von alln vergund ³)
    Mencher mit liſten darnach ſtund,
Vnd mancherley vrſach erdachten,
    Daß jm das Roſſz entreiten mochten,
Vnd theten jr offt viel geloben,
    Wie ſies reichlich wolten begoben.
Da ſolchs der ſelbig Pfaff ward mercken,
    Thet ers freundtlich mit worten ſtercken,
Vnd kleidt ſie ſchon nach all jnn willen,
    Mit Gelt vnd kleinot thet ſie ſtillen,
Vnd ſprach, ſo du wirſt bey mir bleiben,
    Wil ich dir etlich Gelt verſchreiben,
Das du nach meinem todt ſolt han,
    Dauon dein tag magſt müſſig gahn.

                         Als

---

¹) An Schönheit.

²) Mehrentheils.

³) Vergönnen für mißgönnen; ſie ward ihm von allen beneidet.

Als das Weib solche Wohlthat sach,
  Gar freundtlich zu dem Pfaffen sprach,
Bey euch bleib ich, mein lieber Herr,
  Wenn schon der Bischoff selb da wer,
So wil ich euch doch nit verliesen, 4)
  Solt ich sein gnad vnd huld verliesen, 5),
Deß solt ir euch zu mir versehen,
  Wie nun solch freundtlich glübd geschehen,
Vnd das sahen die andern Pfaffen,
  Daß sie an jm nit mochten schaffen,
Den Pfaffen vorm Bischoff verklagten,
  Vnd ju gar bößlich da besagten, 6)
Sprachen, es geb groß ergernüß,
  Wenn man sie lenger bey jm ließ.
Hetzten die Bürger auch auff jn,
  Die giengen zu dem Bischoff hin,
Vnd sprachen, wie dieselbig Metz
  Auff ire Metzen trotzet stets

                                    Wie

4) Keinen andern an eurer Stelle wählen. Der Spatz
   erklärt das Wort verkiesen: suffragio aliquem prae-
   terire.

5) Verlieren.

6) Sagten viel Böses von ihm.

Zacharid III. Theil.   N

Mit jren Kleidern, wo sie gieng,

    Vnd so viel Kleinot vmb sich hieng,

Machten den butzen 7) also groß,

    Daß auch dem Bischoff selb verdroß

Gebot dem Pfaffen bey dem Bann,

    Daß er das weib solt von jm than.

Das geschahe nun offt, doch ward nichts drauß,

    Hielt sie dennocht heimlich im hauß.

Einmals der Bischoff wider kam,

    Den Pfaffen gar ernstlich fürnam,

Vnd sprach zu jm, wir hetten ghofft,

    Weil wir dich han gestrafft so offt,

Soltest das weib von dir gelassen.

    Nun wir sehn, daß dich nit kanst massen, 8)

So achten wirs jetzt noch vors best,

    Daß du sie jetzund von dir lest,

Oder die Vicarey verliesen,

    Von zweyen hastu eins zu kiesen.

Bedenck dich hierauff diesen tag,

    Auff daß ich morgen wissen mag,

Wes du gesinnet oder nicht,

    Vnd ich mich nach demselben richt.

7) Den Putz.

8) Mäßigen, in Schranken halten.

Er ſprach, daſſelb gebot annimb, 9)

Gieng hin, kert in der thür bald umb,

Sprach, was hilffts, daß man viel wort macht?

Ich hab mich jetzt nun ſchon bedacht,

Mögt, wenn jr wolt, das lehn 10) verſchreiben,

Ich wil bey meiner Elene bleiben.

Gieng heim, ſolchs ſeiner Metzen klagt.

Wie er jr alles hett geſagt,

Sie ſprach, jr habt vnweißlich than,

Hett jr mir gſagt ein wort davon,

Ich hetts euch warlich nit gerathen.

Jr ſelt ein Narr in all euwrn thaten.

Wißt jr nit, daß kein weib, ſchon, zart,

Vmb eins Manns willen kein Hur ward?

Bin auch euwrenthalben in den Orden

Nit kommen, vnd ein Hure worden.

Ich folg der Vicarien nach,

Wo dieſelb bleibt, da bleib ich auch.

N 2 Viel

9) Ich laſſe mir dieſen Befehl gefallen.

10) In der weitern Bedeutung hieß jedes benefitium ein Lehn.

Viel leut die fein fo gar verwegen,
    On all fcheuw in die Lafter legen,
Mit den zu zeiten Gott verfchafft,
    Daß fie auch werden hie geftrafft,
Jr gut auffhangen faulen fecken,
    Damit die armen folten decken,
Den fie doch nit die fchnitt von Teller
    Zuwerffen, oder einen Heller
Geben von all jrm vberfluß,
    Gut ifts, daß fie auch hie thun buß,
Die guten tag alfo außfchwitzen,
    Zwifchen zwen ftülen niber fitzen.

IV. 41.

Von zweyen Brüdern.

———

Ein arme Wittwe hett zwey Sün,
    Der ein war liftig, frech vnd kün,
Der ander träg, faß ftets zu hauß,
    Schlieff morgens lang, kam felten auß.

Der erſt ſtund auff, gieng frů zu Feldt,
　Da fund er ein Beutel mit Gelt,
Bracht jn ſeiner Mutter bald zur ſtunden,
　Sie war fro, daß ers Gelt hett funden.
Da lag ſein Bruder noch vnd ſchlieff,
　Vors Bett die Mutter zu jm lieff,
Vnd ſprach, ſihe da, du fauler tropff,
　Werſt wehrt der dich ſchlůg vmb den kopff
Mit feuſten, vnd dich luſtig macht,
　Sich hie, das hat dein Bruder bracht,
Heut morgen frů funden am weg,
　So ligſtu hie, biſt faul vnd treg.
Er ſprach, Mutter, laſt euwren zorn,
　Hett der, welcher daſſelb verlorn,
Biß jetzt gelegen auff ſein Bett,
　Mein Bruder das nit funden hett.

———

Der faule ſucht allzeit anßzůg, 1)
　Damit er ſich entſchůlden můg.
Doch iſts auch nit allzeit gethan
　Mit ſehr lauffen vnd früh auffſtahn.
Mancher verſchont 2) ein kleinen Regen,
　Vnd thut eim größern bald begegnen.

N 3　　　　　Man

1) Außſtächte.
2) Vermeidet.

Man sagt, zu schaden, spott vnd haß
   Kommt man allzeit frü gnug zu maß;

IV. 43.

Von einem Schneider.

Ein Schneider kaufft ein Tuch von Lunden, 1)
   Nams vndern arm zur selben stunden,
War schon geschorn vnd zubereit,
   Darauß im selb machen wolt ein Kleid,
Trugs heim, auf seinen Tisch legts nider,
   Maß, vberschlugs, legts hin vnd wider,
Vnd richtet zu den Rock zu schneiden,
   Nahm Ehl vnd Maß, zeichnets mit kreiden,
Vnd legts dreyfach zum forder gern, 2)
   Der doch nur zween von nöten wern,

                        Er

1) Londoner, oder Englisches Tuch.

2) Die Gehren sind die Falten, oft auch die Schösse eines Kleides, worin die meisten Falten sind. Auch in Luthers Bibelübersetzung kömmt dieß Wort zweymal vor. S. Adelungs Wörterb. B. II. S. 500.

Ergriff gar bald ein scharpffe Scher,

    Vnd schniet daselben flur durchher,

Da wurden auß drey gleiche stück,

    Eins warff er hinder sich zurück,

Daß man daffelb solt sehen nit,

    Hub auff, vnd sang dazu ein Liedt.

Das sahe sein Knecht, der bey jm saß,

    Sprach, Meister, warumb thut jr das?

Habt euch versehen in dem messen,

    Oder seit jr sonst so vergessen?

Ists doch euwr eigen, habts selber laufft

    Ist, daß euch etwas vberlaufft.

Vor wem wolt jr daffelb verhelen,

    Daß jr euwr eigen gut wolt stehlen?

Er sprach, Gott geb dem brauch die ritt, s)

    Was thut die lang gewonheit nit?

——— ———

Wer sich sein selber nicht kan massen,

    Von bbser gwonheit abelassen,

      N 4   Den

s) D. i. Gott gebe dem Brauche das bösartige Fieber!
Diese Verwünschung ist schon oben erläutert.

Den muß man in ein Kloſter globen, 4)
    Zum dörren brüdern 5) hoch dort oben,
Da man mit leitern ſteigt ins Chor.
    Darumb ſehe ſich ein jeder vor,
Vnd ſich für böſer gewonheit hüten,
    Sonſt wirdts im Meiſter Hans 6) verbieten.

IV. 47.
Vom Bettler vnd einem Müller.

Ein Betler kam für eine Mülen.
    Lag vor eim Berg bey einer hülen,
Vnd bat denſelben Müller fron, 1)
    Er wolt ſein milte hand auffthun,
Vnd theilen jm ſein Ablaß 2) mit,
    Vnd jm daſſelb verſagen nit,

                                        Er

4) Ein Kloſtergelübde thun laſſen.

5) Das Kloſter zu den dürren Brüdern iſt hier eine, damals vielleicht ſprüchwörtliche, Umſchreibung des Galgens.

6) Der Henkersknecht.

1) Den Herrn der Mühle.

2) Ablaß ſcheint hier für Almoſen oder Abfertigung durch Almoſen gebraucht zu ſeyn.

Er wer auch ehe ein Müller gwesen,
    Wer aber nit dabey genesen.
Der Müller sprach, wie ist geschehen,
    Hast dich leicht vbel vorgesehen,
Mit deim verthun nit haben wölln,
    Oder nit gwißt in bnarung zu stellen,
Daß du hettst etwas zsamen bracht,
    Vnd auff ein alten Mann gedacht.
Hettstu gemessen gute Malter,
    So hettstu etwas in dem alter.
Sag mir, wie viel Bauwren du hettst,
    Die bey dir pflagen zmalen stets?
Er sprach, jr waren acht vnd dreyssig.
    Der Müller sprach, O hettstu fleissig
Zugsehn, vnd mit der molten gmetzt, 3)
    Vnd baß die Weißjeck bescheßt, 4)
Törffst jetzund nit Partecken lesen, 5)
    Ja, wenn ich wer jr Müller gwesen,
Solten sie lieber all mit ein
    Gebettelt han, denn ich allein,

N 5   An

_____

3) Gemessen.
4) Schatzung, Abzug davon genommen.
5) Partecken sind Armensteuern, Almosen. S. Stielers
   Sprachschatz, S. 1286. Vermuthlich von Partikeln,
   kleinen Stücken. Partecken lesen ist also: Almosen
   sammeln.

All acht vnd dreiſſig hungers geſtorben,
    Ehe ich wolt ſein bey jn verdorben.

——— ———

Treue Amptleut 6) findt man gar ſelten,
    Doch wil ich hiemit niemand ſchelten.
Wenn ſich ein jeder ſelber richt,
    So darff er frembder ſtraffe nicht.
Doch werden wir burchs ſprichwort glehrt,
    Ein jedes Ampt iſt henckens wehrt.

IV. 51.

Von einem verdorbenen Kremer.

——— ———

In Sachſſen war eins kremers Son,
    Der hett ſeins Vatters Gut verthon,
Ein guten Kram bößlich verzert,
    Zu letzt der Knabſack jn ernehrt,
Lieff auff die Kirchweih, wie man pflegt,
    Einsmals da er hett außgelegt

Sein

———————————————

6) Amtleute heiſſen, in weitern Verſtande, alle, die ein
Amt haben, oder ein Gewerbe treiben.

Sein pfennwerth, 1) all sein hab vnd wahr,
    Kam einr, der hett jn kennt viel jar,
Da er eh war gewesen reich,
    Sprach, Clauß, wie kompts, jetzt ist nicht
                                        gleich
Wies eh mit dir zu wesen 2) pflag,
    Da du wol lebst, hettst gute tag,
Bey deines Vatters grossem gut,
    All tag ein guten freyen mut,
Jetzt ist viel anderst vmb dein sach.
    Der Kremer antwort jm vnd sprach,
Schlaff lang, iß früh, macht feißte backen,
    Bringt lange schnür, vnd kurtze packen.

So gehts, wer lieb zu lieb wil han,
    Der muß das liebe fahren lan,
Denn viel verzehren, nit erwerben,
    Hilfft zu armut vnd zum verderben.
Wie das gemeine Sprichwort sagt,
    Vnd der verdorben Reuter klagt,

                                        Sprach,

1) Pfennwerth, wie im Englischen penny ovorth, kleine
    unbedeutende Waare, von der jedes Stück nur etwan
    einen Pfenning werth ist. Es wird auch zuweilen all-
    gemeiner von Waare und Kauffmannschaft gebraucht.

2) Wesen ist der alte Infinitiv für seyn, der noch im
    Plattdeutschen beybehalten wird.

Sprach, Kalbes Aug vnd Hasen Lung,
    Hechts Lebern vnd karpffen jung
Süsser wein, vnd Barben maul
    Drachten mich vmb mein grauwen Gaul.

IV. 61.

Vom Lamen vnd dem Blinden.

Ich sah ein mal ein armen Blinden,
    Der kundt allein den weg nit finden,
Vnd hett auch niemand, der jn leit,
    Da bgab es sich auff eine zeit,
Daß er vor einer Kirchen saß,
    Vnd bat die Leut vmb ein Almoß.
Ohngfehr zu jm ein Krüppel kam,
    Der war an beiden Füssen lam,
Die waren jm zusamen schrumpen, 1)
    Vnd gwachssen gar an einen klumpen.
Er sprach zum Blinden, lieber Bruder,
    Biß du mein Schiff, vnd ich dein Ruder,
Denn, wo du dich vor mir woltst bücken,
    Vnd tragen mich auff deinem Rücken,
                                        So

1) Geschrumpft.

So möchten wir zusamen wandern,
   Vnd vnser einer hülff dem andern.
Dasselb ward dem Blinden beheglich, 2)
   Vnd ja allen beiden treglich. 3)

———

Gott hats auff Erden so geschickt,
   Das glück mit dem vnglück gespickt,
Was er dem ein nit geben wil',
   Deß hat der ander all zu viel,
Vnd ist also vngleich getheilt,
   Daß allzeit einem etwas fehlt, 4)
Auff daß die lieb find stets vrsach,
   Daß sich dem nechsten dienstbar mach,
Im nach vermög behülfflich sein,
   Daß ein Hand wesch die ander rein.
Gleich wie der Kelner sprach zum Koch,
   Kom zu mir für das Keller loch,
Mit gutem wein lesch dir den durst,
   Zum früstück bratstu mir ein Wurst,
So rüffen wir dazu den Becken,
   Der bringt Semel vnd frische Wecken,
Erfreuwt das Herz, vnd speist den Magen.
   Auff vielen Achsseln ist gut tragen.

IV. 69.

2) Erfreulich, angenehm.
3) Zuträglich.
4) Fehlt.

IV. 69.

Von St. Peter und einem Mönch.

————

Ein grauwer Mönch, ein Obseruant,
   Welch'In der welt sind wol bekannt,
Denn jetzt schier nirgend ist ein Statt,
   Da man sie nit für Heiligen hat,
Derselb pflag vons Ministers wegen
   Zu visitiern, wie sie pflegen,
Da wart man auff in in den Klostern,
   Wo er hin kam, so war es Ostern.
Die Bürger trugen zu mit hauffen,
   Hub sich ein fressen vnd ein sauffen,
Da wart all tag voll auff geschöpft,
   Davon der Mönch war wol gekröpfft
Mit vberfluß vnd guten tagen,
   Mit einschenken vnd voll auff tragen,
Also casteyt sich manches jar,
   Daß er so sehr verfallen war,
Daß im sein halß sahe wie ein Schlauch,
   Vnd im so runtzelt 1) war sein Bauch.

Von

1) Runtzlicht

Von vielem faſten alſo gletzt, 2)

    Man hett ein Meſſer drauff gewetzt.

Seln farb war jm ſo gar entſunken,

    Wie eim Bauwrn, der ein Ort 3) vertrunken.

Daß er abnam vnd ſo verdarb,

    Fiel in ein krankheit, daß er ſtarb.

Bald ſein Geſellen mit jm nimpt,

    Von ſtund hin vor den himmel kümpt,

Denn wie man ſagt, allzeit bey parn

    Die Mönch von mund zu Himmel fahrn.

Er klopffet an in vollem ſauß,

    Sanct Peter kam zuhand 4) herauß,

Da ſprach der Mönch, botz heilger Tauf,

    Wie thut jr mir ſo langſam auff,

Schleicht gleich wie eine Schneck daher,

    Ob jr nit wiſten, wer ich wer.

Darob Sanct Peter ſich entſatzt,

    In wundert, daß der Mann ſo trotzt,

Blieb lang beſtehn, und ſahe jn an,

    Sprach, was biſt du vor ein wetterhan?

                      Da

---

2) Verletzt, beſchädigt.

3) Ein Ort, oder Ortsthaler ſind ſechs gute Groſchen.

4) Sogleich.

Du ſtehſt noch hauſſen vor der Pfort,

    Vnd giebſt gereit 5) ſolch höniſch wort,

Gehe hin, verdauw zum erſt den wein,

    Man leſt kein trunkenbolzen rein,

Allein die nüchtern, ſtillen, frommen

    Vnd demütigen in Himmel kommen.

Auch biſt ſo wunderlich gekleidt,

    Dergleich ich in der Chriſtenheit

Mein lebtag nie geſehen hab,

    Du biſt zumal ein wüſter Knab,

Vmb Faſtnacht pflegen ſich die Heyden

    Dem Abgott Jano ſo zu kleiden,

Wenn ſie mit Laruen vnd mit Butzen

    Wie Narren auff einander ſtutzen,

Vnd haſt vmb deinen Leib ein Seil,

    Dabey man führt die Ochſſen feihl,

Vnd biſt gleich wie ein Narr beſchorn

    Mit einer Kappen one Ohrn.

Wenn du nit hetteſt ein Menſchen ſtimm,

    Ich ſprech, du werſt ein wunder grin, 6)

Die man bringt aus Taprobana, 7)

    Vnd ſetzt ſie dort in Lybia.

Zwar

---

5) Gereit, ſchon, bereits.

6) Ein grimmes, ſcheußliches Wunder.

7) Taprobana iſt eine bey den Alten berühmte Jnſel

auf

Zwar gibst du nit bessern bericht,

　　Du kompst zwar heut in Himmel nicht.

Mit solchem bochen und getümmel

　　Fehrt man zwar leichtlich nit gen Himmel,

Sag an, was bistu für ein Gsell,

　　Oder stoß bald hinab zur Hell,

Da das heulen vnd zänklappern,

　　Da hilfft kein Pochen, gschwetz noch plappern,

Der Mönch erschrack, sprach, bitt dich doch,

　　Warum fragstu so fleissig nach,

Weil ich doch bin von heilgen Leuten,

　　Die in der welt vor langen zeiten,

Da Sanct Franciscus vnd die andern

　　Pflegen die gantze welt durch wandern,

Von armen, reichen, jung und alten

　　Wurden vor heilge Leut gehalten,

Auch derhalben ein Mönch bin worden,

　　Vnd gangen in den strengen Orden,

Vnd

auf dem Indischen Meere (S. Cellarii Geogr.
antiq. T. II. ed. Amst. p. 536.) Einige halten sie
für die heutige Insel Ceylon, andre für Sumatra.
Unter den grimmigen Wunderthieren, die man von
dorther bringt, werden vermuthlich die Elephanten
verstanden.

Zacharid III. Theil.　　　　O

Vnd so ein heiligs Leben geführt,

  Auff daß ich daburch selig würd.

Sanct Peter sprach, du rühmst dich hoch,

  Billig muß ich weiter fragen noch,

Sag an, was ist gewest dein leben,

  Daß man dir sol den Himmel geben?

Er sprach, ich hab gelebt fürwar

  Jetzt bey den sechs vnd dreissig Jar,

In harter strenger Obseruantz,

  Das bedeut auff meinem Haupt der Krantz,

Vnd so ein heiligs leben gfürt.

  Allzeit mit einem strick gegürt,

Ein grawer Rock mein kleid ist gwesen,

  Mit murren, beten, singen, lesen,

Mit sauwer sehen, knien, bucken,

  Vnd all dergleichen geistlichen stucken

Trug höltschen 8) vnd zerschnitten schuch,

  Kein Hosen, nur ein leine Bruch,

Vnd aß allzeit auß hölzerm gfeß,

  Ein Eichenbrett war mein geseß, 9)

Ich rürt auch kein Denarium,

  Hett stets einen Seckel darum,

                                Der

  8) Holtschube.

  9) Mein Sitz.

Der für mich thet die zerung ab,

    Wo man nur nit vmb gotts willn gab,

Lag auch auff keinen Feder Betthen,

    Bey armen Leuthen, dies nit hetten,

Wenn mich die Herrn luden zu jn,

    So gieng ich auch bestlieber hin,

Wenn mich sonst etwan in der Statt

    Ein armer Mann zu Gaste bat,

Dorfft ich mich deß nit han vermessen,

    Vnd ausserhalb dem Kloster essen,

Daß ich dadurch nit würd vermerckt,

    Alß der jr weltlich wesen sterckt,

Denn wie die Euangeli deuten,

    Hat Christus selbst bein heilgen Leuten

Verdient nit all zu grossen banck,

    Daß er mit Sündern aß vnd tranck

Sonst hab ich auch gar viel erlitten,

    Gar hefftig wider Ketzer stritten,

Wider den Luther, der dieser Zeit

    Verführt die einfeltigen Leut,

Vnd sagt, man soll allein Gott trauwen,

    Auff keine werck noch frombkeit bauwen,

Welchs ich mit fluchen, schelten, scheuden,

    Stäts widerfacht an allen enden,

        Hab

Hab aber nit wider jn geschrieben
    Nur ein Ding mich zurück hat trieben,
Er war nur in der Schrifft zu glehrt,
    Damit er all sein thun bewärt.
Wenn Scotus bey jm etwas golten,
    So wolt ich jn han baß geschplten.
Er hat auch etlich vnser Sect
    Mit seiner lehr also erschreckt,
Vnd so erlegt mit seinem schreiben,
    Daß sich jetzt nit mehr an jn relben,
Sonst hab ich gstrenge Penitentz
    Gethan in harter Abstinentz,
All weltlich Leben gar vermitten,
    Vnd umbs Himmelreichs willen verschnitten.
Denn ich hiengs durch ein Wagen nab,
    Vnd ließ dort nieden schneiden ab,
Was man zur not sonst nit bedürfft,
    Vnd man sonst vor die Hunde wirfft,
So gar von Frauwen gsündert ab,
    Auch meiner Mutter die hand nit gab,
Wenn man mich hett zu Guattern gbetten,
    Zum Kind, und bey die Tauff zu tretten,
Eussert ich mich derselben Leut,
    Wie solchs die Regel hart verbeut,

Mit faſten hab mich empſig geübt,
    Vnd ſtäts die nüchternheit geliebt,
Auch hab ich mich in trübnuß, jammer,
    In armut vnd in groſſem kummer
Genehrt, der Allmoß vnd der brocken,
    Sie weren Weytzen oder Rocken,
Nach innhalt meiner heilgen Regel,
    Iſt herter denn ein Maßren Schlegel 9)
Ermlicher denn der Lazrus glebt,
    Drumb ir mir billch den Himmel gebt.
So bald St. Peter hört die wort,
    Da ward er zwar bewagen hart,
Daß im ſchier all ſein krafft verſuncken,
    Doch hett er an dem Mann mißduncken, 10)
Vnd dacht, mit ſolchem frommen ſchein
    Pflegt wol ein Schalck bedeckt zu ſeyn,
Denn man allzeit den Freunden leugt,
    In gutem glauben bleut betreugt,
Vnd ſprach, Faſten vnd Abſtinieren,
    Vnd ſo ein ſtrenges Leben führen,
Die machen ſo kein vollen Balck,
    Mich dunckt, du ſeiſt ein heilger ſchalck,

                D 3   Wilt

9) Ein Prügel aus Maſernholtz.
10) Doch hatte er Argwohn auf ihn.

Wilt dich mit solcher list eindringen,
　　Ey nein, es wirt dir nit gelingen,
Die wort sein gut, ja weuns so wer,,.
　　Vnd rieff, bring bald ein Messer her,
Ich mag solch Gleißnerey nit leiden,
　　Vnd gund den Mönch bald auffzuschneiden
Sein dicken bauch vnd feyßten wanst,
　　Vnd sprach, laß sehen was du kanst,
So das inweudig das aussen bwert,
　　Billich wird dir der Himmel bschert.
Ja wol, da er ward aufgeschnitten,
　　Hett schier die halbe pein erlitten,
Da war der Mönch so voll, so voll,
　　Hüner vnd Wildprät gbraten wol,
Fisch, Eyerkuchen, Semeln, Wein,
　　Vnd was sonst gute bissen seyn.
Sanct Peter sprach, seht lieben Frundt,
　　Welch ein fauler vnd voller schlundt,
O wie hast mir jetzt vorgelogen,
　　Vnd so viel Jar die Welt betrogen
Mit deinen heuchelischen listen,
　　Bey den die solchs nit besser wisten,
Kuntst dich dazu so viel nit massen,
　　Daß dus dabey hettst bleiben lassen,

　　　　　　　　　　Betreu

Betreugest auch Gott vnd sein Heilgen,
    Auß, auß, mit solchen vnseligen,
Auff daß er seine schalckheit büß,
    Kompt her vnd bindt jm Hend vnd Füß,
Werfft ju in vfinsterniß hinab,
    Solch lohn er vor sein arbeit hab.

Was die ertichte Geistlichkeit,
    Vnd gleissend falsche Heiligkeit
Mit was betrug vnd falscher lehr
    Vns bey der Nasen gführt bisher,
Wie viel dieselben Heuchel Buben
    Geführt hin in der verderbens gruben,
Vnser gelt vnd gut als zu sich kratzt,
    Vnd offt mit jrem Bann gesatzt,
Ist jetzt offentlicher am tag,
    Dann mans schreiben oder sagen mag,
Es zeigt auch an jr weltlich macht,
    Ihr Gbeuw, 11) hoffart vnd stolzer pracht,
Daß sie jr triegen, rauben, stelen,
    Auch lenger können nit verhelen,
        D 4   Drumb

11) Ihre prächtigen Gebäude.

Drumb wir Gott hoch zu dancken han,
    Der vns die augen auff hat than,
Vnd bitten, daß er vns nit baß
    In jre Netze fallen laß,
Vnd vns mit jren Teuffels tücken
    Nit mehr hin ins verderbnuß rücken.

IV. 71.
Von einem Kauffmann vnd seinem Weibe.

Ein Kauffmann seinen gwerben nach
    Weit hin in frembde Lande zoch,
War wol zwey jar von seinem Weib,
    Daß er je nie kein briefflin schreib,
Darnach er wider heim hin kümpt,
    Ein kleines Kindlin da vernimpt,
Er sprach, woher kompt dir das Kind,
    In meiner Rechenschaffe nit sind,
Daß du hettst Kinder one Mann?
    Es muß ein seltzam deutung 1) han.

                 Denn

---

1) Eine seltsame Ursache, woraus sichs deuten, erklären läst.

Denn wie mich dunckt, ist kaum halbjerig.

Sie sprach, ich war euwr sehr begerig,

Daß ich mich selb nit massen kundt,

Vnd hett kein Artzt zu solcher Wund,

Vnd war gleich in der Mitternacht,

Ich lieff im Hof, daselben macht

Ein kleines Kind von frischem schnee,

Das aß ich auff, vnd ward mir wehe

Im Leib, vnd kriegt dieß Kind davon,

Drumb habt derhalben kein argwon,

So hat mirs vnser Herrgott bschert,

Vnd hab kein andern Mann begert,

Der Mann ließ solchs also geschehen,

Thett mit jr durch die finger sehen,

Vnd wolt sie offentlich nit schelten,

Oder solchs vor jren Freunden melden,

Schwieg also still, gedacht seines fugs, *)

Biß daß das Kind zum theil erwuchß,

Vnd war hin vmb die sieben jarn,

Er sprach zum Weib, ich muß hinfahrn

Meins Handels halb hinab zun Schiffen,

Die liegen vnleden in der tieffen,

D 5   Mit

*) Behielt sich sein Recht, bis auf eine gute Gelegen-
heit, vor.

Mit grossem gut herkommen weit.
  Nun wars im mitten Sommer zeit,
Er nam mit im denselben Knaben,
  Sprach, daß ich mg gesellschafft haben.
Wie er nauß kam, verkaufft zuhand
  Den Knaben weit in frembde land
Ein Kauffmann, daß ern mit sich nem,
  Auff daß, er nimmer wider kem.
Wie er heim kam in, selben tagen,
  Die Fraw thet jn ganz fleissig fragen,
Wo er den Knaben hett gelassen?
  Er sprach, er ist mir gar zerflossen,
Wie er denn war von Schnee gemacht,
  Bald 3) ich jn in die Sonne bracht,
Vor grosser Hitz er gar verschmaltz,
  Gleich wie im wasser thut das Saltz.

———————

Mancher dem andern offt vorleugt,
  Vnd doch sich selb damit betreugt.
Es lehrt erfahrnheit 4) vnd die Schrifft,
  Vntrew jm eigen Herren trifft.

IV. 75.

3) So bald.
4) Erfahrung.

IV. 75.
Deß Bettlers Kauffmannschafft.

———

Es war ein armer Mann, hieß Rüppel,
    Hieng auff einr stelzen wie ein krüppel,
Vnd hett nit mehr denn einen Fuß,
    Der ander war jm zu einr buß
Für seine boßheit abgeschlagen,
    Drumb mußt sich mit der stelzen tragen.
Es ward jm auch derselbig ort,
    Dazu die Statt verbotten hart,
Jedoch ward jm erlaubt daneben,
    Daß er die tag seins gantzen leben
Deß Bettlens weiter hett zu guieten, 1)
    Bey den der Keyser hatt zugbieten.
Drum zohe er blandt auch auff vnd nider,
    Bettelt das Brot, verkaufft es wider.
Das trieb er wol bey sieben Jarn,
    Bis er war kommen wol zuvorn,
Ein guten Rock hett vngepletzt, 2)
    Ein neuwen Mantel mit Leder bsetzt,

Ho²

1) Genieffen.
2) Vngeflickt. Bletzen oder pletzen, flicken, Stücke
einsetzen.

Hofen vnd Wammes von gutem Thuch,

    Ein wolgeschmiert gestickten Schuch,

Ein feinen breiten Bilgrams Hut,

    Ein neuweu Ledersack, war gut

Mit Käsen, Speck, vnd Würsten gspickt,

    Daß er in auff der achsseln druckt,

Auch Pfenning, Heller, ein ebne Summ,

    Die er hett in den Dörffen rumb

Vnd auff der Kirchweihe zsamen glesen.

    Auch pflag er sonst zu binden Bäsen

Vnd in die narung wol zu stellen,

    Thet sich auch sonst zu keinem Gsellen,

Mit dem er hett das Almoß gsucht,

    Daß ers allein behalten mucht.

Was jm ward hie und da beschert,

    Damit sich in der stille nehrt.

Einsmals sich auff ein Sonntag bgab,

    Zoh auß eim Dorff, ein Berg hinab,

Vnd kam an eine grosse Hecken,

    Vud thet sich in den schatten strecken,

Vor Hitz der Sonn ins grüne Graß,

    Ein ebne weil daselben saß,

Daß er den kropff verdauwen mucht,

    Den er im Dorff zusamen gsucht,

                          Denn

Denn er ſich da hett wol gekropfft,

   Vnd ſeinen Rentzel voll geſtopfft,

Die Bettelſucht jn bald beſtundt, 3)

   Daß er ein weil ſchlaffen begundt,

Vnder demſelben grünen Baum,

   Da fiel er in ein ſüſſen Traum

Von Kauffmannſchaft vnd groſſen ſachen,

   Damit er wider ward entwachen,

Den traum er fleiſſig vberlegt,

   Vnd dacht, du haſt dein gütlin ghegt,

Vnd nun ein eben Geltlin gfaßt,

   Nit in dem Bier vnd Wein verbraßt,

Wie mancher trunck'ner voller ſchlauch,

   Sihe da ward er gewar im ſtrauch

Ein ſtück'e Wildes, ein ſchöne Hind,

   Ward fro, gedacht, wie fein ſichs find,

Dein glück wil ſich erſt recht beginnen,

   Lag ſtill, gedacht mit klugen ſinnen,

Das Wild will ich jetzt hie erſchlagen,

   Hin in die Statt gen Nürmberg tragen,

Kompt zu deim anſchlag wol zu ſteuwr, 4)

   Da iſt jetzundt das Wildpret theuwr,

                    Weil

---

3) Ueberwältigte ihn, hatte ihn ſo angegriffen.

4) Zu ſtatten.

Weil eben ist daselb der Reichßtag,

Deſt theurrer ich es geben mag.

Brengen das Gelt an einem hauffen,

Dafür wil kleine Pfennwert 5) kauffen,

Die wil ich hauffen bey den hützen 6)

An Eyer, Käß vnd Gelt verſtützen, 7)

Offt widerumb daſſelb anlegen,

Das bringt zuletſt groß gut zuwegen,

Daneben nit deß bettlens ſchemen,

So wirt mein gut weiblich zunemen,

Biß ich ein gülden, drey, vierhundert,

Zuſammen bring, das manchen wundert.

Ich weiß ein gſaß 8) in einem Dorff

In Düringen, heißt obern Erff, 9)

Iſt wol glegen zu allem handel,

Vnd führn die Leut ein guten wandel,

Daſelb will ich mich niberſchlagen, 10)

Mein leben enden in guten tagen,

Vnd

5) Waare. S. oben, IV. 51. n. 1.

6) Bey den Thierhetzen.

7) Vmſtatzen, vertauſchen.

8) Einen Landſitz.

9) Vermuthlich Ordorf oder Ordruf, nicht weit von Gotha.

10) Niederlaſſen.

Vnd wil dahin richten mein sach,

 Daß ich mög haben haußgemach, 11)

Vnd han an meinem gut ein gnügen,

 Gsind halten, die den Acker pflügen,

Daß Korn, Erbeiß, 12) Bonen vnd Flachß

 Zu rechten zeiten wol erwachß,

Vnd wenn auffgeht, der grüne sat,

 (Wies denn viel Vieh daselben hat,)

Vnd ich an meinem Fenster leg,

 Die Kelber auff dem acker seh,

So wolt ich schreyen, zehe, zehe,

 Herab, daß euchs vnglück bestehe,

Vnd rieff gar laut so vnbedacht,

 Damit das Wildt ward schüchtern gmacht,

Vnd lieff zu Holtz in voller brunst,

 Da warn sein anschleg gar vmbsunst.

Gott hat all ding gemacht so wol,

 Daß man von gdancken gibt kein Zol,

Denn wenn mans als verzollen sol,

 Wißt nit, wo man zu letsten wolt

       Zu

11) Häusliche Bequemlichkeit.

12) Erbsen.

224

Zusamen bringen so viel Gelt,

　　Ju wenig wern all Schätz der Welt,

So voll gedancken ist das Hertz,

　　Ist nit zfrieden, denkt stäts fürwertz,

Eich der wol hundert vnderstehet,

　　Der doch wol nit eins vor sich geht.

Manchen des nachts auff seinem lager

　　Machen gedancken müd vnd mager,

Daß er dafür nicht ruhen kan,

　　Nimpt sich vnnutter 13) sorgen an,

In seim Hertzen ein Kram auffbauwt,

　　Den er mit gedancken fein anschauwt,

Vnd wol auff taufent gülden schatzt,

　　Damit er sich nur selber fatzt,

Des morgens, wenn ern sol bewegen,

　　Hat nit ein Pfennwert außzulegen. 14)

Drumb ist vnnütz den vorwitz treiben,

　　Wie auch solchs die Poeten schreiben,

Gleichen 15) die gdancken ein finstern Man,

　　Den niemand nirgend sehen kan,

Wenn man mit Henden greifft nach jm,

　　So find man nichts, vnd ist dahin.

　　　　　　　　　　　　　　　　　So

13) Ohnnöthiger.

14) Hat er nicht die geringste Waare außzulegen.

15) Dergleichen.

So ſind die gdancken wie der Wind,

    Den man wol hört, doch niergend ſind,

Vnd iſt dencken ein vnnütz mühe,

    Als wenn eine milck, vnd hett kein Kühe,

Vnd bekümmert mit ſolchen dingen,

    Die jm doch nimmer mögen klingen,

Es iſt ein alt gemein Sprichwort,

    All menſchlich anſchlag gehn nit fort,

Vnd ſonderlich ein nerriſch anfang,

    Der gwinnt gmeiniglich den Krebsgang,

Denn die tollen anſchlag der narren

    Gehn für ſich, wie die Hüner ſcharren. 16)

IV. 92.
Vom Blinden vnd ſeinem Knaben.

Viel Leut jr gſundheit ſein beraubt,

    Gelähmt, geblent, geſtummt, getaubt,

Das offtmals vieln wirt angethon,

    Oder auß fehl der Complexion,

Wie die Natur in vieln zu ſchwach,

    Deßgleich ich einſt ein Blinden ſach,

                        Wie

16) D. i. gehn rückwärts, ſchlagen fehl.

Wie er nicht wißt die wegescheid,
    Hett einen Knaben, der jn leit,
Zu dem sprach er, hör was du thust,
    In das Dorff du mich führen must,
Morgen auff diesen Sontag fruh
    Da wirt viel Volckes schlahen zu', 1)
Viel Bauwren sich dahin begeben,
    Gar fröhlich in Proquellis leben. 2)
Ein Fahnen auß dem Thurm gehenckt,
    Dabey man stets der Kirchweih gdenckt,
Da wird ein fressen vnd Schlampampen, 3)
    Mit Gänsen, Hünern, Würsten, Wampen, 4)
Drumb thu wie man den Blinden thut,
    Bring mich zum Leuten, gschicht mir gut.
Der Knab dem Weg mit fleiß nachtracht,
    Den Blinden früh zum Dorf hin bracht,

                         Stellt

---

1) Zusammen laufen.

2) Diese Redensart, die mir sonst nicht vorgekommen ist, und damals vermuthlich sprüchwörtlich war, heißt offenbar so viel, als schwelgen, üppig und verschwenderisch leben.

3) Schlemmen, Schwelgen.

4) Wampe ist eigentlich die an der Rindergurgel herabhangende Fetthaut. Sonst wird es auch für Wanst gebraucht.

Stellt jn zu nechst da für die Kirchthür,

    Da das Volck gieng am meisten für,

Daselb samlet viel Heller, Pfenning,

    Von jedem, der fürüber gieng,

Biß auff die Malzeit zelt die Henser,

    Rundts in demselben Dorff vmbher,

Kam ongesehr fürs Schultheißn Hauß,

    Da kam die Magd, vnd bracht herauß

Ein gfülltes Hun, gebraten heiß,

    Gelegt auff eine Semel weiß.

Der Knab nam hin denselben Brathen,

    Dacht, wird leicht heut nit baß gerathen,

Vnd legt dasselbig Hun besunder,

    Vnd stieß in sein Diebsack hinunder,

Hub aber an denjelben Wecken

    Dem Blinden in den Sack zu stecken.

Darnach, da sie beid nider sassen,

    Das Quodlibet zusamen assen,

Da sprach der Blind zu seinem Knaben,

    Mich dunckt, daß wir im Sack noch haben

Ein gbrahten Hun, das mich anrochj

    So wol, mich dünkt ich riech es noch.

Der Knab sprach bald, weiß nit davon,

    Hab heut gesehn kein gbrahten Hun,

         Dich

Dich treugt fürwar dein eigen Naß,
  Ein ander mal bereuch es baß,
Hab heut kein Hüner sehen rupffen,
  Mich dünckt fürwar, du hast den schnupffen.
Er sprach, den schnuppen zwar nit hab,
  Du wirst mirs heut nit reden ab,
Erwüscht den Knaben bey dem Kopff,
  Vnd sprach, ey du heyloser Tropff,
Soltstu mir denn also vorliegen,
  Vnd vmb ein gutes Mahl betriegen?
Der Knab den Blinden fleissig bat,
  Es jm vergeb, darnach der schab
Reumt jn gar sehr, deß jeinen dacht, 5)
  Wider zu Feld den Blinden bracht.
Da sie nauß kamen auff den weg,
  Er sprach, hie ist ein schmaler steg,
Sich zu, daß du gar weißlich schrittst,
  Auff daß du nit daneben trittst,
Darnach sprach er, allhie wir haben
  Vor vns im weg ein kleinen graben,
Gib mir dein Stab an einem end,
  Vnd nims andern in beyde hend,
Auff daß du gleich mögst rüber hupffen.
  Der Blindt gumbt sich hoch auff zulupffen, 6)
                                    Sprang

5) Wartete seine Gelegenheit ab.
6) In die Höhe zu heben, sich zu lüften.

Sprang was er mocht leibes 7) daher,

Ein grosser Schlag 8) stund vberzwer, 9)
Da lieff er mit dem Kopff hinan,

Daß jm das Blut zur Naß außran,
Vnd sich gar sehr zerstossen hett.

Der Knab sprach, hab noch recht geredt,
Hettstu den Schnupffen nit jetzunder,

So wers fürwar ein grosses wunder,
Den grossen schlag nit soltest riechen.

Vnd thet sich bald vor jm verkriechen,
Gar heimlich von dem Blinden schlich,

Daß er den stoß nit an jm rüch.

———

Bey 10) diesem Blinden werden bbeut
Die tollen vnderstendigen Leut,

Die offt mit jrm grossen vnfrommen 11)
Wöllen eim kleinen fehl vorkommen,

Vnd meiden ein geringen schaden,
So müssens in eim grössern baden,

P 3　　　　　　Den

7) Aus Leibeskräften.
8) Schlagbaum.
9) Quer vor jhm, überzwerch.
10) Durch.
11) Zorn, Eifer.

Den jm offt mancher ſelb bereit
   Durch eigne vnvorſichtigkeit.
Als wo man vmb das Ey wil kriegen,
   Vnd leſt dieweil 12) die Henne fliegen.
Der Hund dem gworffnen Stein nachgaht,
   Verleſt ben, dern gworffen hat.
Wo man ein Löffel wil erretten,
   Da wirt ein Schüſſel offt zertretten.

IV. 93.

Vom Wolffe, Fuchſſe, Hirſch, vnd Storchen.

—————

Vom Wolff vnd Fuchß find man beſchrieben,
   Viel ſeltzams dings, das ſie getrieben,
Wie freundtlich ſie gar offt geſchwatzt,
   Vnd wie der Fuchß den Wolff gefatzt,
Mit ſchmeichelworten offt benückt, 1)
   Vnd vielmal vbers Seil gerückt, 2)

                   Gedacht

12) Unterdeß.

1) Betrogen. Näcke, für Hinterliſt, tückiſche Laune, iſt noch im Niederſächſiſchen gebräuchlich.

2) Zum Beſten gehabt.

Gedacht jm. solchs einst heimzutreiben,

    Wo er jm möcht ein aug verkleiben, 3)

Vnd zoh sein beste kunst herfür,

    Daß er jm einst verlieff die Thür, 4)

Vnd dacht, mit list hast an jm nit, 5)

    Der Fuchs dem Wolff ist viel zu gschled, 6)

Vnd sprach, es wirt sich wol gezemen, 7)

    Wilt jn ernstlich mit Recht fürnemen.

Begab sichs, daß man hielt Gemein, 8)

    Wer sachen hett, der trat hinein,

Welch warn grichtlich dahin vertagt, 9)

    Eins das ander daselb verklagt.

Der Hirsch ward Schultheiß, saß das Recht, 10)

    Die Jagdhund waren Steckenknecht,

P 4

Der

---

3) Verkleben. Einem ein Auge verkleben, ist, einen durch Blendwerk hintergehen.

4) Eine ähnliche sprüchwörtliche Redensart, für: einen überlisten.

5) Kanst du ihm nichts anhaben.

6) Gescheidt.

7) Es wird sich wohl geben, wohl schicken.

8) Eine Gerichtsversammlung.

9) Einen vertagen, heißt, einem einen gerichtlichen Termin setzen, ihn auf einen bestimmten Tag vorladen.

10) Das Recht sitzen, Richter seyn, im Gerichte den Vorsitz haben.

Der Wolff sich zu dem Richter fandt,

    Vnd macht sich mit dem Hirsch bekandt,

Schalt gar hefftig denselben Fuchß,

    Sprach, böser Thier noch nie erwuchß,

Denn er dem Fuchß war hefftig gram,

    Der Hirsch mit gaben vnternam,

Daß er im Rechten jm beypflicht,

    Damit der Fuchß wird hingericht.

Bald hub der Wolff zu klagen an,

    Vnd sprach, Herr Richter, diesen Man

Hab ich mit Recht hin lan verlagen,

    Vber den all Leut vnd Thier klagen,

Wie er uzit seinen Bubenstücken,

    Mit seiner list vnd bösen tücken,

Mit Fuchßschwenzen vnd schmeichelworten,

    Beyd hie vnd da an allen orten

Mit schöner red vnd list betreugt,

    Eim hie, dem andern da vorleugt,

Welchs er an mir hat braucht in vielen,

    Die ich hie nit all kan erzelen,

Der man viel find in den Parabeln,

    Sonderlich in Esopus Fabeln.

Jedoch von vielen eins fürbreng,

    Er macht mir alle Gassen zeng,

Wo ich frü nach der narung lauff,

Allzeit ein stund ist vor mir auff,

Vnd schreit beym Dorff, zeho, zeho,

Herauß, herauß, der Wolff ist do,

Darnach bald heimlich anhin schleicht,

Beim Zaun in dNesseln sich verkreucht,

Damit er mir das Mahl verhinder,

Fasten dieweil mein arme Kinder,

Daß mir mein Weib darum ist gram,

Wenn ich hinschleich nach einem Lamb,

Vnder dem strauch hin nach der Herd,

Vnd mein es soll mir sein beschert,

Vnd sehe daß alle Hunde schlaffen,

Der Schäfer pfeifft, sieht nit zum Schafen;

So hat sich bald der Schelm auch funden,

Macht ein scharmützel 11) vor den Hunden,

Der Schäfer bald vergißt das pfeiffen,

Rufft seinem Strom, Trostrein, vnd Greiffen,

Dieweil verbirgt sich der ins Korn,

So ist mein anschlag auch verlorn.

Bein Sensen thut er auch dermassen,

Daju wil er mich nimmer lassen,

P 5   Auff

---

11) Scharmützel scheint hier nur so viel, als Lermen zu seyn.

Auff seinen vortheil sich verlat, 12)
    Den er derhalben für mir hat,
In den Forchen vnd kleinen Gräben
    Schleicht, vnd macht sich der erden eben, 13)
So thut er, wenn die Genß sein gut
    Im Herbst, wenn sie gehn vngehut. 14)
Diß alls, Herr Richter, (bin ich biber,) 15)
    Thut er vns Wölffen nur zuwider.
Denn wie man wol sieht an der moß,
    Daß jm die Genß sein viel zu groß.
Ich hab offt gnug an einr zu tragen,
    Dennoch darff er sich an sie wagen,
Vns armen Wölffen zu verdrieſſen,
    So er doch billich solt genieſſen
Der bletter vnd des grünen Graß,
    Wie das Königlin 16) vnd der Haß.

                                   Denn

12) Verläſſt.

13) Macht sich so niedrig, wie die Erde.

14) Ungehütet.

15) So wahr ich ehrlich bin!

16) Kaninchen; es wird hernach, in dieser Fabel,
    Kaniglin geschrieben; und so ist die Ableitung von
    cuniculus noch sichtbarer.

Denn er ist je ein nichtig Thier,

 Lassen die Genß mein gschlecht vnd mir,

Auch bey den pfützen in den Bechen

 Findt er Frösch gnug, die möcht er stechen,

Vnd lassen mir mein grechtigkeit,

 Welch ich offt mit leibs fehrligkeit

Vor den Hunden und bösen Leuten

 Vertheidigt biß zu diesen zeiten,

Vnd sols nit für dem Fuchß erhalten?

 Darüber wil ichs Recht lan walten,

Denn ichs auch zu beweisen hab, 17)

 Da steht der Geyr, der Weyh vnd Rab,

Der Tyger, Vielfraß, Löuw und Bär,

 Die ich derhalb gefordert her,

Wie mir von Recht ist solchs erlaubt,

 Ich weiß, sie seins all wol beglaubt,

Ein jeder, mirs ins besonder zeugt,

 Ir wißt auch wol, daß keiner leugt,

Bitt euwr gestreng gerechtigkeit,

 Ir wollet noch 18) vmb lieb noch leid

Jetzt zwischen mir vnd diesem Gsellen

 Ein rechtmessiges vrtheil fellen.

       Der

---

17) Ich bin im Stande, es zu beweisen.

18) Weder.

Der Hirsch sprach, weil solchs grosse Herrn,
   (Zeigt auff den Lbuwen vnd den Bärn)
Mit all den andern zeugen gleich,
   Reden so gar eintrechtiglich,
In worten kommen vberein,
   Sol der abspruch 19) vnd vrthell sein,
Man sol dem Fuchß, dem bösen Schalck,
   Noch heut abziehen seinen Balck,
Dem Wolff für seinen schaden geben,
   Vnd daß der Fuchß behalt das leben,
Denn eh wenns kompt zum andern jar,
   Wechßt jm wol wider haut vnd har,
Vnd sol bey allen seinen tagen
   Noch Enten, Genß, noch Hüner jagen,
Soll wurtzeln aus der erden wülen,
   Vnd Frösche fahen in den pfülen,
Sunst alles Fleischs enthalten muß,
   Das sol er han sein tag zur Buß.
Der Fuchß trat auff, vnd rüspert sich,
   Sprach, lieben Herrn, nun höret mich,
Da schrey der Wolff, Herr Richter nein,
   Laßt den abspruch ein abspruch sein,

19) Abspruch, die richterliche Entscheidung.

Sein Steckenknechten so verschafft,
  Daß das vrtheil gehe in sein krafft,
Vnd jm kein antwort nit gezim,
  Sonst hat man warlich nichts an jm.
Er ist der wort vnd list so voll,
  Gelehrt, glatt, schlipffrig wie ein Ael.
Der Richter sagt, es ist gesprochen,
  Ich hab den Stecken schon zerbrochen.
Da schrey der Fuchß, hört, lieben Herrn,
  Für euch alln wil ich appelliern,
Daß ich euch all zur kundtschafft heisch,
  Schults vnd Zeugen sein all parteisch,
Der billigkeit wil gern gehorchen,
  Drumb appellier ich an den Storchen.
Der Wider, Raben, noch den Geirn
  Noch Weihenacht, 20) thut keinen feiern, 21)
Er acht noch Wölffe, noch die Füchssen,
  Auch nit mit' Lbuwen, Bärn vnd Lüch-
              sen
Zuschaffen hat, ist frumb vnd redlich,
  Dazu noch Bauwrn noch Bürgern sched-
              lich,
                          Was

20) Der Weihe, ein Raubvogel.

21) Keinen schonen, keinem schmeicheln.

Was der ſagt, laß ich mir gefallen.

    Da ward ein groß geſchrey bey allen,

Vnd gaben alle Thier gehör.

    Bald forderten den ſtorch herfür,

Vnd ſprachen, was er würd abſagen,

    Das ſol den Parten 22) wol behagen.

Als ſolchs der Storch nun hett gehort

    Deß Fuchſen ſchöne ſchmeichelwort,

Behagts jm wol, daß ern ſo lobt,

    Vnd mit ſo hohem Titel bgobt,

Trat einher wie ein Edelman,

    Hett ein par rother Hoſen an,

Rieff in die Gmein, vnd ſprach, nun hört,

    Dieweil der Fuchß hat appelliert,

Demütig ſich erzeigt dermaſſen,

    So wil er ſich je richten laſſen,

Vnd ſonſt kein böſen vortheil ſucht,

    Kein füchßiſch liſt, auch kein außflucht,

Der Billigkeit vnd Rechts erbeut. 23)

    Zwar wenn das kein vor redtlich leut,

Jr jm nit Rechts hett wole vergünnen,

    Solt jrs nit verantworten künnen.

                    Vnd

---

22) Den beyden gerichtlichen Partheyen.

23) Er überlägt ſich dem Ausſpruche des Rechts vnd der Billigkeit.

Vnd sprach, weil jetzund alle Thier
   Den abspruch han befohlen mir,
Des Wolffs vnd Fuchß sol Richter seln,
   So sprech ich ab von dieser Gmein,
Daß der Wolff gar vubilliglich
   Alls dings gar vnderwindet sich,
Denn je all diese Creatur,
   Die gwachssen sind nach jr Natur,
Nit darumb, daß der Wolff bald solt
   Davon außliesen welch er wolt.
Eim jeden ist sein notturfft geben,
   Davon er auffenthalt das leben.
Der Haß bhllfft sich mit Kraut vnd Graß,
   Das Künglin isset auch kein Aß,
Der Hecht vnd Reyer stellen den Fischen, 24)
   Ich bin zum Kbnig gsetzt den Frbschen.
Die Mauß ißts Korn, die Katz die Mauß,
   Die Lauß den Grind, der Aff die Lauß,
Der Weih nach jungen Hüulin sicht,
   Der Sperber offt die Tauben sticht,
Die Meiß, 25) Fliegen vnd Mucken fengt,
   Den auch die Spinn jr Garn außhengt,

          Wil

24) Stellen den Fischen nach.

25) Die Meise, oder Meise, eine Art kleiner Vbgel.

Wil sich der Wolff des Hungers wehrn,

    So mag er sich im busch ernehrn,

Vnd essen was er fahen kan,

    Lassen den Bauwrn die Gense gahn,

Obs kem daß sich ein Schaf verirrt,

    Im Dornbusch an der wül 26) verwirrt,

Blieb ongefehr allda behangen,

    Er nems als hett er ein Rehe gfangen.

Was bey den Zeun vnd kleinen Hecken

    Geht, daran sol er sich nicht strecken, 27)

Das wil ich als dem Fuchß zuschreiben,

    Sol Enten, Huner, Genß heimtreiben.

Daß man im auch den Rock solt nemen,

    Deß müst man sich doch ewig schemen,

Wer für euch alln ein schande groß,

    Daß er solt stehen nacket vnd bloß,

Das wer ein grosse missethat,

    Weil er auch sonst kein Kleid mehr hat.

Mit grossem ernst die Schrifft gebeut,

    Daß, wenn von recht die armen leut

Vom gegentheil wern vberwunden,

    Daß sie ir kleidt zur selben stunden

                       Abs

---

26) Wolle.

27) Daran soll er sich nicht wagen.

Ablegen müsten, sol der ander

   (Wil er anderst rechtmessig wandern)

Das Kleid bey tag zu voller gnüg

   Helm schicken, dmit sich decken müg,

Oder zu seiner notturfft verkeufft,

   So bleibt der Fuchs auch vngestreifft.

Das sol jetzt für der ganzen Gmein

   Zwischen Wolff und Fuchs das Vrtheil sein.

Drauff sprachen sie in der eintracht,

   Vnd gaben diesem Abspruch macht, 18)

Waren auch all damit zufrieden.

   Da sprach der Fuchs, laßt den Mann reden,

Der weiß allein, was gut vnd böß,

   Betracht die sach nach jrer größ,

Vnd hatt alls dings bessern verstandt,

   Drumb zeucht er auch so weit in dlaud,

Nach weißheit, Kunst, er allzeit stellt,

   Sich stetes zu den Leuten helt,

Bey den er gar viel sißt vnd hort,

   Gut sitten, und viel weiser wort,

                             Ver=

18) Und machten dieß Urtheil rechtskräftig.

Zachariä III. Theil.   Q

Vernunft, verstandt, bescheidenheit,

    Drumb geht er auch ärmlich gekleidt,

Nit wie der Heher, Pfauw, vnd Specht,

    Nur schwartz vnd weiß, gar schlecht vnd

                  recht,

Daß sein Schnabel vnd Bein so roth,

    Von grossem frost dasselbig her,

Wil er nit hungers halb verderben,

    Muß er sein speiß im nassen werben,

Schedlich gewürm, Frosch, Eydechß, Schlangen,

    Werden darumb von jm gefangen,

Vnd thut jn früh vnd spat nachstellen,

    Auff daß sie niemand schaden sollen,

Ist nit hoffertig im gesang,

    Zuruck legt seinen Schnabel lang,

Glottert schnap, schnap, so hübsch vnd fein,

    Das bedeut fein ja, ist ja, nein nein,

Nit wie die Troschel 19) vnd Nachtigall,

    Machen viel wort mit grossem schall,

                        Vnd,

  19) Die Drossel.

Vnd lehren solchs auch jre Kinder,

    Ist eitel gschwetz vnd nichts dahinder.

Wo er im Dorff oder in einr Statt

    Auff einem Dach sein bhausung hat,

Da macht ers, daß man jn beliebt,

    Sein eigen Kind zu haußzinß gibt,

Der kleinen Sperling thut verschonen,

    In seinm genißt 30) vmb sunst lest wonen.

Blůch, daß er nit der Frbsch allein,

    Sondern auch dieser grossen Gmein,

Vber all Vögel vnd Thier ein Herr

    Vnd ein gwaltiger Kbulg wer.

―――――――

Beim Hirsch wirt vns fein dargethon

    Eins vngerechten Richters Person,

Der für das Recht nimpt gab vnd gschenck,

    Damit das Recht auffs vnrecht lenck.

Der Geitz ist so ein grosser Plag,

    Daß mans nit grugsam klagen mag.

            Q 2   Denn

30) In seinem Neste.

Denn groß geschenck, betrieglich gaben,

   Wol mechtig Kbnig btrogen haben.

Man sagt, daß sich die Götter sollen

   Mit gschencken lan zufrieden stellen.

Die gschenck der rechtfertigen 31) sachen

   Vor den Richtern zu schanden machen,

Vnd jrs gefallens thun sie lenken

   Das Recht, dazn den glauben krencken.

Sie pflegen auch an allen enden

   Die ernsten augen zu verblenden,

Daß sie nit mercken oder sehen,

   Was billch oder vnbillch sey geschehen.

Wer sich ein mal lest so bethören,

   Daß er sich thut an gaben keren,

Dem thut der Geltz sein Hend gewehnen,

   Daß sie sich stets nach gschenken sehnen.

Wer sich mit gschenck lest machen benbig, 32)

   Der ist im Rechten vnbestenbig.

Der vnbestandt jn dahin zwingt,

   Daß er zu beyden seiten hinckt,

                                    Vnd

31) Die gerechten Sachen.

32) Wer sich durch Geschencke erweichen läßt.

Vnd vnmüglich ists, wo einer fol

    Dem bschwerten theil rechts helffen wol,

Der vngleich gunst zum Parten tregt,

    Eim wol, dem andern vbel gneigt,

Der left sich gab vnd gunst betriegen,

    Daß er on scheuw das Recht thut biegen,

Dem grechten seine sach verkürtzt,

    Sich selbs in ewigs verderben stürtzt

Vmb gunst vnd gab, vmb gschenck vnd gelt,

    Daß jn Gott haßt vnd alle Welt.

Der Wolff thut vns auch witzig machen,

    Daß, welche haben bbse sachen,

Die thuns mit Worten fein bewinden,

    Schmücken die Lügen vorn vnd hinden,

Daß man die triegerey verberg.

    Das klippern gehbrt zum Handtwerck.

Beim Fuchs han wir zu mercken nun,

    Wo man eim lobt sein bbses thun,

Vnd seine bbsen sachen schmückt,

    Da ist er bald also geschickt,

Mit

Mit lob jn wider hoch beschwert,

   Unangesehn, ob ers sey wehrt,

Ein ander grosses lob zuschreiben,

   Wie die Esel ein ander treiben.

Aber ein frommer Mann aufrichtig

   Der acht solch ehr vor nüt ss) vnd nichtig,

Vnd helts allbeyd in gleicher prob,

   Ob jn ein schalck schelt oder lob.

ss) Für eitel, für nichts; wie man jtz, nul vnd nichtig,
    sagt.